# 让爱国主义旗帜
# 高高飘扬

## ——东京奥运会媒体精彩报道选集（中）

★中国体育报业总社有限公司 编

北京体育大学出版社

策划编辑：曾　莉
责任编辑：张志富　吴海燕
责任校对：王泓滢
版式设计：张程凯

**图书在版编目（CIP）数据**

让爱国主义旗帜高高飘扬：东京奥运会媒体精彩报
道选集 / 中国体育报业总社有限公司编. -- 北京：北
京体育大学出版社，2023.12
ISBN 978-7-5644-3812-8

I. ①让… II. ①中… III. ①新闻报道—作品集—中
国—当代 Ⅳ. ①I253.4

中国国家版本馆CIP数据核字(2023)第000615号

让爱国主义旗帜高高飘扬——东京奥运会媒体精彩报道选集
RANG AIGUO ZHUYI QIZHI GAOGAO PIAOYANG——DONGJING AOYUNHUI MEITI JINGCAI BAODAO XUANJI
中国体育报业总社有限公司　编

出版发行：北京体育大学出版社
地　　址：北京市海淀区农大南路1号院2号楼2层办公B-212
邮　　编：100084
网　　址：http://cbs.bsu.edu.cn
发 行 部：010-62989320
邮 购 部：北京体育大学出版社读者服务部 010-62989432
印　　刷：河北盛世彩捷印刷有限公司
开　　本：787mm×1092mm　　1/16
成品尺寸：185mm×260mm
印　　张：69
字　　数：880千字
版　　次：2023年12月第1版
印　　次：2023年12月第1次印刷
定　　价：298.00元（全三册）

# 前　言

在党中央、国务院的坚强领导和习近平总书记的亲切关怀下，中国体育代表团高举爱国主义伟大旗帜，克服疫情挑战，圆满完成东京奥运会参赛任务，实现了运动成绩和精神文明双丰收。东京奥运会期间，中央及地方新闻单位充分发挥各自优势，推出了大量精彩的报道，全方位、全过程展现了中国体育健儿在奥运赛场上团结协作、顽强拼搏、勇于挑战、超越自我的良好精神风貌。

《让爱国主义旗帜高高飘扬——东京奥运会媒体精彩报道选集》一书，经过向多家中央主流媒体、各省区市新闻单位征集后，精选各单位报送的东京奥运会赛前、赛中、赛后的重点报道，结集成书，并在收录时根据时间节点等进行了优化与修正，力求讲好中国体育故事，展示中国体育力量，弘扬爱国主义精神。

2022 年 8 月

# 目　录

特写篇 ·················································································· 1

中国女排奥运之行遭遇挫折　**逆境更需卸包袱**　人民日报　郑轶 ············· 3

延期一年举行，奥运会办赛设置史无前例　**"加减"之间，期待精彩依旧**

人民日报　郑轶 ···································································· 5

**铜牌！今夜的光属于中国三人女篮**　新华社　马锴　李博闻　毛鹏飞

·························································································· 9

**绝杀！再绝杀！守住希望的绝杀**　新华社　马锴　毛鹏飞 ············· 11

**百米赛场，苏炳添的三个神秘姿势**　新华社　岳冉冉　朱翃　周畅

·························································································· 13

**烈日下，巩立姣独孤求败**　新华社　岳冉冉　朱翃　周畅 ············· 16

**绝地逢生！谌利军逆转夺冠**　新华社　刘阳　王恒志 ··················· 18

**带着眼泪的"个人最佳"**　新华社　周畅　朱翃 ·························· 20

**中国泳军更富"烟火气"**　中新社　张素 ································· 22

**"十分钟"，她们创造中国篮球历史**　中新社　邢翀 ··················· 24

激动人心的女子 10 米气步枪决赛　杨倩连续 7 发打出 10 环以上　**一枪制胜**

解放军报　仇建辉 ································································· 27

乒乓球女子单打　陈梦夺金孙颖莎摘银　**关键时刻总有人能站出来**

中国纪检监察报　黄秋霞　杨文佳 ············································ 30

马龙达成史无前例双圈大满贯全新乒坛传奇诞生　**坚持信念　一分一分去打**

中国纪检监察报　左翰嫡 ························································ 32

1

中国 3 比 0 击败日本实现奥运女乒团体 4 连冠　忧患意识是保持胜利的密码

中国纪检监察报　黄秋霞　左翰嫡 ……………………………………………… 34

冠军"菲"你莫属　北京日报社　袁虹衡　李远飞　陈嘉堃 …………… 36

胜也爱你　败也爱你　湖北日报　胡革辉 ………………………………… 38

周倩: 5 年前的愿望实现了　湖南红网新媒体集团　周雨墨 …………… 39

那个念叨麦当劳的姑娘, 已更值得期待　湖南红网新媒体集团　周雨墨

……………………………………………………………………………… 44

王宇微: 道阻且长, 好在坚持到底　湖南红网新媒体集团　周雨墨

……………………………………………………………………………… 48

新化姑娘黄瑰芬, 飞跃东京!　湖南红网新媒体集团　周雨墨 ……… 53

湖南女水"四金花": 她们有的可不仅是颜值

湖南红网新媒体集团　符洹雨 ……………………………………………… 57

从里约到东京, 谌利军终于王者归来　湖南红网新媒体集团　周雨墨

……………………………………………………………………………… 62

张亮: 20 年, 努力了玩命了, 没有遗憾　湖南红网新媒体集团　周雨墨

……………………………………………………………………………… 68

安徽姑娘王春雨女子 800 米获第 5 名创造历史　即使无牌, 也无憾

市场星报社　江锐 ………………………………………………………… 73

中国奥运军团取得优异成绩　江苏体育健儿赛场绽放最美姿态

江苏省广播电视总台　毕然　龚俊杰 …………………………………… 75

评论篇 ……………………………………………………………………… 77

为梦想拼搏　就是真英雄　人民日报　孙龙飞 ………………………… 79

有一块金牌叫拼搏　人民日报　薛原 …………………………………… 81

拼搏成就梦想——奥运风采辉映奋斗新时代系列之一

人民日报　薛原 …………………………………………………………… 83

**团队力量托举奥运辉煌**——奥运风采辉映奋斗新时代之二　人民日报　季芳

································································· 85

**每一次突破都凝结着汗水**——奥运风采辉映奋斗新时代之三

人民日报　刘硕阳　87

**开门办体育　拓宽蓄水池**——奥运风采辉映奋斗新时代之四

人民日报　范佳元　89

**推动项目普及　助力全民健身**——奥运风采辉映奋斗新时代之五

人民日报　郑轶　································································· 91

**这是青春的模样！**　新华社　卢羽晨 ································· 93

**江红视点：山还是那座山，梁已不是那道梁**　新华社　江红 ······ 95

**江红视点：憋了五年的劲儿，在东京暴发了！**　新华社　江红 ······ 98

**人生不是一定会赢，而是要努力去赢**　新华社　公兵 ········· 101

**中国新一代体育偶像正在"破圈"**　新华社　吴书光 ·········· 103

**梦想腾飞，北京再会**——写在东京奥运会闭幕之际　新华社　丁文娴 ··· 106

**这，就是中华体育精神！**　新华社　王恒志　夏亮　张逸飞 ······ 108

**记者手记：枪响前，我听见了自己的心跳**　新华社　林德韧 ······ 112

**东京奥运会 | 女孩的美不用尺寸定义**

新华社云南分社　岳冉冉　周畅　朱翃 ································· 115

**奥运有时　拼搏永恒**　光明日报　侯珂珂 ························· 117

**梦想的力量荡气回肠**　光明日报　侯珂珂 ························· 119

**奥运赛场是书写国家荣誉的公平舞台**　光明日报　侯珂珂 ······ 121

**体教融合，让学子扬威奥运赛场**　光明日报　王东 ············· 123

**再见东京　北京再见**　工人日报　赵晓展 ························· 127

**始于金牌　却不止于金牌**　中国青年报　曹竞 ··················· 131

**记者手记：陪伴中国女排走过"漫长"岁月**　中新社　邢翀 ······ 134

续写我们的奥运故事——东京奥运会开幕断想　解放军报　孙晓青…… **136**

没有高枕无忧的领地　解放军报　范江怀 ………………………… **139**

圣火不灭梦想永恒　解放军报　范江怀 …………………………… **141**

中国梦之队最大龄冠军！她的坚守比金牌更加美丽

　　新浪　董正翔 …………………………………………………… **143**

燕赵十三骑，奔腾如虎风烟举　燕赵都市报　旭光 ……………… **150**

向坚持致敬　辽宁日报　黄岩 ……………………………………… **152**

从不言败初心未改　女排精神永流传　吉林日报　张政 ………… **154**

再见东京！北京再见　吉林日报　张政 …………………………… **156**

致敬体育　致敬生命　吉林日报　张政 …………………………… **158**

这一夜，我们情同与共　湖南日报　陈普庄 ……………………… **162**

再答"奥运三问"，我们又是满分　湖南日报　陈普庄 ………… **164**

郎平的时代　时代的郎平　湖南日报　陈普庄 …………………… **166**

成也欣然，败也坦然　湖南日报　陈普庄 ………………………… **168**

缺憾之美——写在奥运落幕之际　春城晚报　谢黎明 …………… **171**

特写篇

# 中国女排奥运之行遭遇挫折

# 逆境更需卸包袱

人民日报 郑轶

7月29日，东京奥运会女排小组赛B组结束第三轮较量。尽管中国女排拼尽全力，依然以2∶3惜败对手。赛后，输球的姑娘们心情难过，主教练郎平却跟大家说，"我们要昂起头走出赛场"。

以上届冠军的身份征战东京赛场，中国女排被寄予厚望。然而，开赛后成绩不尽如人意，中国女排面临着比里约奥运会更严峻的小组出线形势。

东京奥运周期，中国女排连创佳绩，2019年世界杯更以十一连胜夺冠。与此同时，中国女排也成为世界各支球队重点研究的对象。从本届奥运会前几场比赛看，对手均针对朱婷进行部署，对我们的技战术特点研究透彻。

当今世界排坛竞争激烈，强队的实力在伯仲之间。中国女排近年来连战连捷，并非实力全面压制对手，更多是依托于团队作战。近两年疫情使得国际排球比赛大幅减少，中国女排缺少了解对手、磨合队伍的机会。

女排姑娘在场上非常努力，教练组也在想方设法调兵遣将，但朱婷、颜妮等队员的伤病影响了发挥。郎平透露，奥运会延期这一年，队里一直对朱婷的手腕伤病保守治疗，"老将带伤在场上一直坚持，但奥运会的压力太大了"。

面对前两场比赛的挫折，姑娘们并没有低头，而是竭力找回状态和自信。第三场比赛，在朱婷被限制的不利局面下，"00后"小将李盈莹爆发能量，连续强攻、发球得分给对手施压，其他队员也都越打越放开。只不过，在关键分的把握上，中国女排还差了一些。

在郎平看来，打到这个境地，全队已经没有什么压力，"小组赛还剩两场球，我们正常面对，做好最困难的准备，把每场比赛完成好"。彻底卸掉冠军包袱，跟对手好好拼一场，享受奥运会比赛，这又何尝不是中国女排的另一种成长？中国女排之所以为人们所称颂，不只是顺境时乘风破浪，更在于逆境中倔强地昂起头。

正如很多球迷所言，"赢了一起狂，输了一起扛"。越是在困难面前，球队与球迷越要团结一致。多给女排姑娘一些鼓励、一些宽容，陪伴她们去迎接每一场比赛。无论最终结果如何，只要拼出精气神，中国女排的旗帜就依然闪亮。

# 延期一年举行，奥运会办赛设置史无前例

# "加减"之间，期待精彩依旧

人民日报　郑轶

7月23日，日本东京街头的奥运倒计时牌终于"清零"。一年多前，东京奥运会宣布延期，这些电子钟曾短暂停摆又重新启动。经过充满不确定性的漫长等待，一届注定将载入史册的特别奥运会终于要与全世界见面。

回望现代奥林匹克史，这是第一届被推迟举行的奥运会，也是首届几乎没有现场观众的奥运会。来自全球的体育健儿，目光坚定地踏上了久违的奥运赛场。正如国际奥委会主席巴赫所言："奥运会的意义是让全世界相聚在一起。"

社交距离的限制，并不能阻挡人类追求"更快、更高、更强"的脚步。而今，这句耳熟能详的奥林匹克格言又加入一个词——"更团结"，新的奥运模式或许就从东京开启。

## 筹办过程一波三折

2016年的里约之夜，马拉卡纳体育场上演令人惊艳的"东京8分钟"。东京奥组委采用"超级马里奥"水管穿行的戏剧化方式，从东京街头穿行至里约现场，接过举办奥运会的接力棒，给世界留下无尽遐想。

但谁也未曾预料，这届奥运会的举办竟会如此艰难。突如其来的新冠肺炎疫情席卷全球，国际奥委会和东京奥组委不得不作出东京奥运会推迟一年举行的艰难决定。

奥运会踩下刹车并不容易，等待各方的是空前庞杂的协调工程。各国

际单项体育组织更改赛历为奥运让路，东京奥组委重新租赁场馆、续签工作人员、制定各类计划和对策，各国运动队及时调整奥运备战……奥运延期的连锁反应，造成巨大的经济损失，善后工作的重重困难横亘在前。

疫情形势的起伏，更让东京奥运会如同坐上过山车。日本政府连续启动紧急事态政策，奥运测试赛被迫推迟重启，组委会官宣不接待海外观众，奥运火炬传递屡遭波折……顶着巨大压力，东京奥运会向着如期举办的目标全力以赴。从2021年2月到6月，东京奥组委先后发布3版《防疫手册》，给所有参与奥运的相关人士划定细致的"行为准则"。伴随各项筹办工作陆续就位，奥运村疫苗接种率达到85%。在东京奥组委主席桥本圣子看来，逆境中举办奥运会也将是一种奥运遗产。

特殊时期跨越难关搭建奥运舞台，东道主所付出的不懈努力，得到全世界奥运参与者的理解和认同。行走在东京场馆，各色口罩遮住了人们的面庞，却遮不住眼中的真诚与热情。保持克制、遵守规定、限定行动范围，五环旗下的每个参与者共同守住防疫"红线"，勾勒出独特的风景。

### 办赛形式尽量简化

如果运动员在东京赛场上有了精彩表现，迎接他们的可能是另一种前所未有的体验——沉浸式声效系统输出往届赛场的鼓掌喝彩声，屏幕上播放观众自制的视频自拍，不同国家和地区的支持者在线上组成"欢呼地图"，赛后还会有运动员与家人、粉丝连线的"真情时刻"。

如此特殊的场面，源自本届奥运会最直观的一个变化："空场"。7月12日，东京都第四次进入紧急状态，并将延续至8月22日。出于防疫考虑，除自行车、足球两个项目的3块场地外，东京奥运会其余比赛均采用无观众的形式举行。颁奖仪式同样采取"自助式"，全程佩戴口罩的获奖选手将自己拿起奖牌挂在胸前。

尽管在疫情发生后重启的国际比赛中，类似的防疫措施并不鲜见，但出现在奥运赛场依然让很多人担心——没有了热闹的加油助威和场内互动，运动员和观众难以感受到真正的奥运氛围。东京奥组委则希望依靠VR、AI、传感器等数字化科技手段，来拉近赛场内外的距离。

疫情防控压力使得这一届奥运会在外在形式上尽可能简化：开、闭幕式"闭门"举行，奥运村各代表团升旗仪式取消，颁奖仪式上运动员不再合影……与此同时，严格的防疫措施给参赛过程增加了更多程序和限制。奥运"加减法"的背后，固然有不得已而为之的无奈，但对于每位参与者而言，这都是一次特别的奥运经历。

东京奥运会喊出自己的口号 United by Emotion，被译为"情同与共"。在疫情尚未消退的大背景下，象征和平、团结、尊重与平等的奥运盛会为世界重建信心打开了一扇门。

## 奥运模式或将变化

从北京飞往东京，以往只需3个小时，但在疫情之下，时间成本被拉大。在东京奥运会决定"空场"举办后，线上观赛与互动变成主流，这也或将潜移默化地影响未来奥运会的模式。

由于东京奥运会不接待海外游客，各国记者成了奥运赛场为数不多的"观众"。从入境日本的那一刻起，几乎所有国内媒体的记者都在拍摄短视频，用镜头记录着东京奥运会台前幕后的点滴细节，并以最快速度上传网络。依托移动互联网和社交平台，"直播中的奥运"为大众"零距离"直击赛场创造新的视界。

尽管东京奥运会"空场"损失了绝大部分门票收入，但电视转播权收入将高于往届。据国际奥委会预估，本届奥运会电视覆盖率将是里约奥运会的两倍左右。不过，也有机构调查显示，大众对于奥运的热度正转向流媒体。

站在现代奥林匹克发展的坐标系，东京奥运会无疑将成为一个独特的案例。尽可能利用已有场地、设施，压缩举办仪式成本，恰与国际奥委会控制参赛规模、鼓励节俭办赛的改革方向不谋而合。也许熟悉的环节将以新形式呈现，也许很多线上参与渠道将被开掘……奥林匹克大家庭展现创新灵活的一面，也赋予百年奥运新的生机。

过往一年多时间，东京奥运会在变数与挑战中前行。对于全世界的运动员而言，他们在奥运延期的这段时间里依然坚持刻苦训练，很多人可能等不到下一个四年。他们拼命坚守，只为登上奥运舞台圆一个梦。

而奥运会带给人类的，不只是外在的仪式感，更在于内心的信念感。全球运动员齐聚一堂、展现竞技魅力，勾勒出人类作为一个整体的精神家园。超越自我、永不放弃，举办奥运会更像是人类为自己设置的一道命题——在逆境中寻找希望，世界才能迎来美好的明天。

# 铜牌！今夜的光属于中国三人女篮

新华社　马锴　李博闻　毛鹏飞

法国队传球出界，中国队拿下比赛，摘得东京奥运会女子三人篮球项目铜牌。

"把该死的胜利还给我！"半决赛输给俄罗斯后，中国队带着这样一口气，踏进了铜牌争夺战的赛场。

显然，法国并不会将胜利拱手相送，尽管她们曾在小组赛大败给中国。

开场就撕咬，没有人外线出手，全都在突击篮下。越靠近篮筐的地方，命中率越高，没有人会把生死战的赌注下在外线。

一分半钟没人得分。王丽丽弧顶接球启动，顶着对方中锋上篮打进，同时造成犯规命中罚篮。王丽丽的一声怒吼破了局，中国接连砍分打出7：3，占得先机。

向前一步就是奖牌，谁都不愿后退分毫。法国用挡拆制造换位，连续"小打大"突进篮下缩小分差。

"眼睛看着，脚就是迈不出去。"万济圆回忆说，在王丽丽远投拉开分差后，她在一次换防中没能及时到位，"当时非常懊恼，她们让我忘掉，去防下一个球。"

在三人篮球的场上，比赛只有10分钟，十几秒的松懈就可能葬送胜利。半决赛后，主教练许佳敏对球员说："再拼一场就能拿到奖牌，想想你们有多难才走到这里，别留遗憾！"

比赛至此，技战术已不是决定性因素，拼的是求胜欲。双方都防得很凶，不肯给对方任何一次空位投篮的机会。杨舒予在空中扭着身体，投进了打板远投。3秒钟后，法国队远投回应。

这场拉锯战仅剩25.8秒时，中国失误，法国球权，中国16∶14领先。场上暂停，王丽丽单膝跪地，张芷婷弯腰扶膝，大口大口地喘着气，汗顺着脸颊、胳膊往下淌。

"累得不行了，腿是麻的，感觉不到身边有空气。"王丽丽赛后回忆道，"能听到很多人在喊，但不会去听喊的是什么，我们不会让任何东西干扰我们。"

"掩护就换、别给两分。""打死不能给两分。"姑娘们一一击掌，提醒队友，声音并不太大。时间告诉她们，胜利的天平在向中国倾斜。防下远投、抢下篮板、对方失误，中国姑娘把铜牌抢到了怀里。

呐喊、振臂、拥抱过后，王丽丽俯下身子捂住了脸，围在身边的队友擦着眼泪，拍了拍她，彼此说不出一句话。

聚光灯下，姑娘们的眼里闪着光，身上带着光。是的，今夜的光属于中国三人女篮。

中国三人女篮

# 绝杀！再绝杀！守住希望的绝杀

新华社　马锴　毛鹏飞

绝杀！再绝杀！

在东京奥运会三人篮球的赛场上，中国男队用两场绝杀，守住了晋级的希望，也守住了赛场上的那口气。

此前比赛里，这支从未打过国际比赛的球队未尝一胜。并非他们不够拼，在对拉脱维亚、荷兰的比赛里，他们都和对手厮杀到最后一刻，但却遗憾落败。对荷兰比赛的哨声一响，顶梁柱胡金秋就累得一屁股坐在地上。

7月26日，胜利女神没有忘记他们的努力。

对阵比利时，男队开场便0∶6落后。对10分钟21分制的三人篮球来说，这是个糟糕的开局。全队疯了一样拼抢，篮板球比对手多了一倍，李浩南干脆从对手头顶直接摘板补篮。

最后时刻，胡金秋造成对手犯规，顶着压力命中罚篮，21∶20绝杀对手，男队拿到本次奥运之行首胜。

绝杀波兰显得更惊心动魄。还剩2分19秒时，波兰就已经19∶15领先，手握赛点——再中1个两分球，中国队就要出局了。

分差不小、时间不多，只能寄希望于远投，但此前全队6投全失，谁心里都没底。"投！大胆投！不进我来抢！"胡金秋对队友们说。

篮下打进、突破打进、远投打进，中国连得4分将比分追至19∶19，比赛仅剩38秒。胡金秋抢下整场的第10个篮板球，颜鹏带球踏出三分线便转身。

面前没有防守人。5米之外，波兰队8号的腿有点发沉，挥着手臂呼喊队友来补防。但来不及了，颜鹏微微一蹲，稍做调整，篮球旋转着从他指尖飞出。

篮下，脸色发白的胡金秋拼命和对手挤位置；外线，高诗岩已奔向篮下；场边，李浩南猛地站起，高举双臂；全场人的眼睛都盯着空中的篮球。

球进！21：19，中国胜！场下的波兰球员把手中的毛巾狠狠砸在地上；颜鹏、高诗岩、李浩南跳着撞做一团；胡金秋振臂喊了一声，后退几步弯下腰，双手扶膝大口喘气。

这不是一场争夺奖牌的关键比赛，却让场边的记者看得血往脑门上涌，指肚攥得发白。在比分之外，这里还有小伙子们不服输、不低头、不到最后一刻绝不松口的那股子劲儿。

胜利，从不是拼搏的必然结果，但在逆境中拼来的胜利尤为可贵。因为，这样的胜利里有希望。

# 百米赛场，苏炳添的三个神秘姿势

新华社　岳冉冉　朱翃　周畅

东京奥运会男子 100 米决赛出场名单上，有两个数字格外显眼——世界纪录 9 秒 58，奥运会纪录 9 秒 63，都由牙买加"闪电"博尔特创造。

两个纪录下方，是 8 月 1 日晚百米决赛八位"飞人"的信息。晚上 9 点 50 分，他们中的一位，将在这个赛场封王。中国选手苏炳添位列其中，他在第六道，是第一个冲进奥运会男子百米决赛的中国人。

预赛、半决赛、决赛，苏炳添在奥运会的三场比赛里，亮出了三个神秘动作，记者一一捕捉到，请他做了解读。

## 预赛：终点处的回头

7月31日晚，男子100米预赛，苏炳添小组赛10秒05，轻松晋级半决赛。

这场比赛，让人们记住了他的"回头望月"。冲刺阶段，苏炳添明显降速，接近终点线时，他还抽空看了看左边第一道的追赶者，最后以小组第二名的成绩冲过终点。

苏炳添这样回应这个动作："他追我太紧了，我看他一下，示意他别追我，给点面子。"其实，苏炳添知道，当晚的比赛小组前三就能晋级，不需要尽全力，万一拉伤肌肉得不偿失。

预赛主要是试场、试枪、试起跑器、试脚感，他给自己定了一个目标，"10 秒 1 左右，正常发挥，不需要太多发力"。苏炳添目标清晰。

"明天（8 月 1 日）的半决赛当决赛去跑！"苏炳添预赛后透露出对进决赛的渴望，"我现在还没有绝对实力晋级决赛，只能是尽力拼一拼。

如果下一场能破10秒大关，进决赛没问题。"

苏炳添没想到，他这个"拼一拼"，不仅进了10秒，还创造了历史。

## 半决赛：神秘的1厘米

半决赛上，苏炳添跑出了9秒83的亚洲纪录，成为首位闯入奥运会男子百米决赛的中国人。

"把半决赛当决赛跑。"苏炳添前一天撂下的话，掷地有声。

半决赛，苏炳添在第三小组第四道。发枪前，他揪了揪紧身衣，双手合十，大拇指与食指摆出一个"1厘米"的手势。赛后记者跟他求证手势的意思，他说这是提醒自己"进步一点点就好"。

苏炳添站上起跑器，头埋得很低。枪响，他冲出起跑线，反应时间0.142秒，八人中排名第三。他一路加速，第一个冲过终点。他紧握拳头，忘情怒吼，坐在地上等待大屏上的成绩。

大屏上显示，他与美国人贝克尔同样是9秒83，但苏炳添比对手快了0.002秒，小组第一。

看到成绩后，苏炳添开心得双手拍地。他何止进步了一点点，而是把个人最好成绩整整提高了0.08秒，创造了新的亚洲纪录！

苏炳添的半决赛比出了决赛范儿。

## 决赛：太阳穴处的"发功"

8月1日晚9点40分，离决赛开始还有10分钟。

苏炳添第一个走上决赛跑道，调整起跑器，还跟工作人员借了把尺子丈量。他尝试着起跑，敲了敲紧绷的大腿。之后，他闭上眼睛，把双手食指放到太阳穴处。

"你这个动作是什么意思？"记者连问带比画。"我想要更加集中一些，更加专注，"苏炳添说，站在决赛跑道，自己已经胜利。

晚上9点46分，新国立竞技场看台突然灭灯，只有八条跑道熠熠生辉，跑道上相继闪现出五环的立体标志，东京的城市风光，最后落在了运动员介绍上。

苏炳添闭上眼，享受着属于他的荣耀时刻。"我肯定不如他们几个紧张，我只是希望在决赛中不要失误，尽可能发挥水平，不要跑太差。"

晚9点50分，决赛开始，飞人们一骑绝尘。冠军最终被意大利人雅各布以9秒80收入囊中，美国人克里以9秒84摘银，加拿大人德哥拉塞9秒89拿铜。

苏炳添最终获第六。两个小时间，他两次跑进了10秒大关。"对我来说，这么短的时间内还能突破10秒，我觉得已经非常开心。"

8月5日的4×100米接力，苏炳添还会祭出什么新姿势？期待！

# 烈日下，巩立姣独孤求败

新华社　岳冉冉　朱翃　周畅

这是 32 岁的巩立姣的第四届奥运会，也是她的独孤求败之旅。

过去三届奥运会，她拿过银牌、铜牌，唯独少了枚金牌。

当地时间 8 月 1 日上午 10 点 35 分，东京新国立竞技场，户外体感温度 40 摄氏度，奥运会女子铅球决赛开始。

12 名选手中，巩立姣第五个出场，第一投 19 米 95。她的有力竞争者美国人桑德斯投出 19 米 65，紧随其后。第二投，巩立姣和桑德斯都犯规，没有成绩。队友宋佳媛和高阳来到第五和第六的位置。

第三投，巩立姣往脖子处抹了抹滑石粉，做了几个原地小跳，举球、牵引、投掷，19 米 98，比第一投远了 3 厘米。桑德斯投出 19 米 62。

三轮后，排名后四位的选手被淘汰，高阳排名第 10 出局。后三轮，排名第一的巩立姣都将在最后一个出场。

第四轮，凶悍的桑德斯开始制造气氛，号召看台上的队友为她加油，在有节奏的掌声下，她投出了 19 米 49。巩立姣投出 19 米 80。

倒数两轮，两名选手都准备奋力一搏，她们要做的，只是超越自己。

第五轮，桑德斯奋力一掷，19 米 79，这是她决赛的最好成绩，但依然不及巩立姣的第一投。轮到巩立姣，气定神闲的她投出了 20 米 53，创造了个人最好成绩。

看台上的教练组开始鼓掌，巩立姣指着胸前的国旗，翘起了大拇指。队友宋佳媛和高阳过来与她击掌，此时的巩立姣眼睛已经湿润。她知道冠军到手。"稳了的时候还是第五投，觉得这个冠军绝对是我的了，之前还是有点忐忑。"巩立姣赛后说，"今天真是一头汗，晒得有点虚脱，但我就是冲着冠军来的。"

最后一投，桑德斯再次犯规，没有成绩。已经确保金牌的巩立姣要挑战自己。

她食指指天，原地跳了跳，奋力掷出最后一球。伴着喊声，球再次越过 20 米线。20 米 58！巩立姣刷新了还热乎着的个人最好成绩和 2021 年世界最好成绩。

收获铜牌的新西兰选手亚当斯过来拥抱了巩立姣，向她表示祝贺。两人私交不错，巩立姣喊她"亚当斯大姐"。"致敬立姣，她今天表现完美，值得中国为她骄傲。"这位季军说。

巩立姣走向跑道，向看台鞠躬，并迅速擦拭掉眼泪。看台上的教练把国旗传递给她，她展开披上肩，指着胸前的国旗又翘起了大拇指。

"我的目标是突破 21 米，没有达到，还是有点可惜。"巩立姣话语中带着遗憾。

这也许就是独孤求败的滋味。

巩立姣

# 绝地逢生！谌利军逆转夺冠

新华社 刘阳 王恒志

187公斤！谌利军挺举还剩两次试举机会，必须拿下才可能翻盘夺冠！

现场所有人都心跳加快，包括他的对手！这个重量，比他上一次试举一下子加了12公斤之多，这在小级别比赛中简直是不可能完成的任务！

迫不及待地上场，举铃、翻站、挺住！一系列动作如此流畅，仿佛行云流水，28岁的谌利军让杠铃稳稳地停留在他的头顶。

金牌！一枚让人心脏跳出胸腔的金牌！一枚让所有人心服口服的金牌！

东京奥运会男子举重67公斤级比赛的现场沸腾了，观众席上的中国队和代表团助威团尖叫出了最高分贝，大家忘情地拍着手，跟随劲爆音乐的节拍舞动，完全抛开了亚洲人特有的羞涩。

中国队男队领队杨谦激动地跳了起来，他说："我的心脏都快承受不了了！这场比赛比我们预想得艰难，谌利军太棒了！"

抓举比赛中，谌利军发挥失常，除了第一次试举成功举起145公斤，后面两次试举全部"砸锅"。而谌利军的最大对手、26岁的哥伦比亚对手莫斯奎拉越比越兴奋，以151公斤结束抓举，领先谌利军6公斤之多。

"我太紧张，还是动作没有放开。"谌利军赛后说。男队主教练于杰则直接指出："他是患得患失，抓举的时候看对手状态好，自己反而想太多影响了动作。"

挺举比赛开始前，中国举重协会主席周进强特地到后场给谌利军鼓劲。

周进强说："挺举拿下！"于杰说："挺举是你强项，是你最牛的时刻。"

里约奥运会时，谌利军也是夺冠大热门，但在比赛中竟然因为双腿抽筋无奈退赛。五年后，他带着对金牌的渴望来到东京，没想到让自己置身于一个更加惊险的境地。

与莫斯奎拉同样举起 175 公斤后，莫斯奎拉率先以挺举 180 公斤、总成绩 331 公斤结束比赛，谌利军还有两次试举机会，必须举出 187 公斤才能以 1 公斤优势胜出。他做到了，仅仅用了一次机会，干脆利落！

"我没有着急，我对自己的挺举很有信心。"谌利军说。

于杰赛后表扬了谌利军，他说："绝地逢生，谌利军反而彻底放开了！"这是于杰第四次以教练身份参加奥运会，他说："这是我经历过的最艰难的一场奥运会比赛！我永生难忘！"

莫斯奎拉赛后有些失落，但是谈起谌利军，他诚恳地说："能和谌一起经历这样一场比赛，我同样感到自豪。我只比他差 1 公斤，我未来会更加有动力去训练。"

一直保持低调的周进强赛后接受了记者的采访，他说："我们很多人流泪了！这场比赛对我们全队都是巨大鼓舞！今后的比赛，我们还会更加努力！"

# 带着眼泪的"个人最佳"

新华社　周畅　朱翃

8月3日，从王春雨走进赛后媒体混采区开始，她脸上的泪水和身上的汗水就没有干过。

看着王春雨止不住地抽泣，很难相信，她刚刚在东京奥运会女子800米决赛上，再度刷新了自己半决赛才创造的PB（个人最好成绩），并以决赛第五名创造了中国选手在该项目奥运历史上的最好成绩。

半决赛，1分59秒14，刷新PB，成为首位闯进奥运会女子800米决赛的中国选手。

决赛，1分57秒00，再度刷新PB，仅隔几天就将成绩提高了2秒14。

"在我心里，是想着站上领奖台的，所以觉得很遗憾。"王春雨只想用"遗憾"来形容这场，其实已经让很多人为之惊艳的比赛。

王春雨参加的这场奥运会女子800米决赛，堪称"PB之战"。

决赛8名选手中，有7名选手刷新了PB。

此外，这场比赛的冠军以1分55秒21刷新了美国全国纪录；亚军，以1分55秒88刷新了英国全国纪录。

"这真的是一场高水平的比赛，没有想到冠军会这么快。"尽管刷新了PB，王春雨还是觉得不够好，因为她已经偷偷准备好了领奖服。

比赛开始前，扎着马尾辫的王春雨，依然戴着她觉得能带来好运的红色蝴蝶结，微笑对着镜头，然后很快摆好准备姿势，投入到"战斗状态"。

从并道开始，王春雨就想跟着后来夺冠的美国选手穆，"没能跟到她的后面。后来虽然是跑在内道，但心里还是很害怕，怕自己卡在里面出不去，跑得也比较忐忑"。

比赛后半程，一度跑在队伍中间位置的王春雨慢慢落到了后面。但就在最后 100 米的直道冲刺时，排在第六的她却选择从内道转到第三道，发起最后冲刺。

"其实那个时候已经没有力气了，就想着去拼一拼，假如拼掉一两个呢？"最终成功拼到第五的王春雨，在赛后采访时一边喘着气一边说："哪怕跑不动了，我也要尽全力去冲向终点。"

"虽然创造了历史走到奥运会的第五，证明了自己是可以的，但还是遗憾没能站上领奖台。也许是自己水平不够，跟她们还有差距。"遗憾，但王春雨也更加坚定了自己的信心，因为她觉得，自己已经站到世界水平的层面上了。

王春雨对记者说，似乎也是在对自己说："这个差距是可以训练出来的，我觉得自己有一天会战胜她们。"

"就像巩立姣说的，人一定要有梦想。因为只有想了，才能走到那一步。尽管遗憾，但我相信以后一定可以弥补，一定会更好。"说完，这个眼里还有着泪光的姑娘，又笑了起来。

# 中国泳军更富"烟火气"

中新社 张素

　　来到东京奥运赛场的中国游泳队，因为缺少一众世界级名将而略显"星光"不足。但这些队员以富有"烟火气"的话语，诠释出他们特别的奥运经历。

　　7月25日，结束女子100米蝶泳半决赛后，中国选手张雨霏来到混合采访区。她神情轻松、满面笑容，说起即将到来的决赛时很直白："像是什么冠军还是纪录，我觉得都是很'虚'的东西，想太多反而不是好事。"

　　那么，这位承载着中国游泳队在东京奥运会上夺金最大期望的选手在想什么？

　　"紧张不在了，我更多的是在享受。"张雨霏回答说。她还饶有兴致地介绍起奥运村生活点滴。"我以为我会吃到来自世界各地的特色美食，结果发现就是亚洲风味的菜品居多"，言语间似有遗憾。

　　中国选手闫子贝心系着"一颗桃子"。参加男子100米蛙泳预赛之前，他在个人社交账号转发微博，图上有一颗粉嫩而饱满的桃子。

　　闫子贝告诉中新社记者，2017年时他首次转发该微博后就在比赛中刷新了全国纪录。"我觉得不管有没有用，反正对我心理来说会有帮助。"他笑着说。或许确实有用。在东京，他在半决赛中游出了比预赛还要好的成绩，顺利晋级决赛。

　　即使是那些无缘领奖台，甚至是"一轮游"的中国运动员，也能坦然地面对记者和成败。比如参加女子4×100米自由泳接力的"金花"们。预赛、决赛接连刷新亚洲纪录，可惜队伍最终排名第七，但姑娘们大声地用四个字总结了整体表现："非常的棒。"

作为这支临时组建的接力队中的"大姐"，朱梦惠对于其他队员的表现不吝赞美之词。她还笑着说，自己已结束在东京奥运会上的比赛任务，接下来要为大家做好后勤保障工作。

男子 400 米混合泳预赛中遗憾出局的汪顺，止步于女子 400 米个人混合泳预赛的余依婷，与为中国代表团赢得本届奥运会首枚金牌的"神枪手"杨倩是同乡。他们在受访时除了客观分析自身失利原因，也会热情地对小老乡送上祝福。

其实，从在里约奥运会上以一句"我已经使出了洪荒之力"而迅速走红的游泳选手傅园慧开始，已发生许多变化。一方面，中国选手的刻板印象被逐渐打破；另一方面，越来越多的国人不再仅仅看重争金夺银。

就拿东京奥运会来说，"我盼了 5 年的奥运会没有麦当劳。想吃免费的麦当劳！所以为了这个我还得再坚持一届""我最想吃的是油焖大虾"等表述，进一步使运动员的形象不再"冷冰冰"。而民众对于失意者的鼓励，如"无论你有无名次，你都是中国骄傲！"等留言也传递出脉脉温情。

出现这些变化或许与年龄有关。本届中国体育代表团运动员平均年龄为 25.4 岁，多支队伍内都刮起了"青春风暴"。他们说出了这些富有"烟火气"、趣味性、个性化的话语，也契合了多元化时代国人的心理需求。

当然，此间不乏争议和风险。有的选手赛后失利，通过社交媒体吐露心声，结果遭到了网络暴力。好在很快就有更多人自发地站出来声援运动员。

如评论所言，原生态的生活以及表达经不起互联网带着放大镜的审视。与其让比赛变得战战兢兢，不如让这"烟火气"温暖人间，让奥运赛场内外重拾信心、携手前行。

# "十分钟"，她们创造中国篮球历史

中新社　邢翀

场上十分钟定胜负，这样的篮球赛不得不说相当刺激。

强度更大的相互对抗，节奏更快的攻防转换，瞬息万变的场上局势，加之夜晚的聚光灯和随时响起的音乐，东京湾青海城市运动公园临时搭建的看台丝毫不因空场而冷清。

三人篮球是一项从街头走向奥运的项目，它的街头属性被如此般"移植"到奥运会中，成为极具魅力、极富看点的运动项目。

一切氛围都加剧了这场比赛的刺激性。正如距离铜牌争夺战结束还不到1分钟时，法国队疯狂发动进攻——她们与中国三人女篮队仅有2分差距，王丽丽外线远投命中后，法国队同样一个远投命中，双方分差依然是2分。

常规时间还剩25.8秒，中国队体力下降严重。暂停过后场上局面又是紧张相持。比赛还剩3.0秒，中国队对出界球提出挑战，裁判回看录像判定球权给法国队。高度紧绷的法国球员传球出界，重新获得球权的中国队提前宣告胜利，将铜牌收入囊中。四名队员在场中紧紧相拥，泪流满面。

这是自1992年巴塞罗那奥运会中国女篮摘银后，中国篮球在奥运会上第二好成绩。当然，也是中国三人篮球在奥运会上获得的首枚奖牌。

相较于已发展百余年的五人篮球，三人篮球从20世纪80年代才开始兴起，既保持传统篮球的对抗特征，又增加了篮球运动的趣味性和娱乐性。因此，越来越流行。正是看重其民间普及性，国际奥委会2017年宣布，从东京奥运会起三人篮球成为正式比赛项目。

虽然起源于街头篮球，奥运会三人篮球比赛已有了规范的竞赛体系。比如，为了增加比赛的刺激性和观赏性，场上比赛时间只有十分钟。

对于中国女队而言，决定这枚铜牌归属的却不止是这最后的"十分钟"。

"孩子们太不容易了！"中国三人篮球女队主教练许佳敏眼中含泪。当被记者问及哪一场打得最艰险时，许佳敏说，哪一场都不容易。

这是一个全新组合的阵容。在2019年世界杯比赛中，中国队以7战全胜的战绩夺冠，取得了中国篮球历史上首个世界冠军。然而遗憾的是，由于伤病等原因，世界杯夺冠阵容中仅张芷婷入选奥运名单，其余3名参赛选手均缺乏大赛经验。

"孩子们没有一起参加过国际赛事，每一场都很困难，每一场面对不同的对手都会有新的问题，每一场都是不断发现问题、总结问题。"许佳敏说，正是这一场又一场的"十分钟"，才有了最后的"十分钟"，才有了这枚铜牌。

通往东京这最后一场"十分钟"的背后，还有更多的艰辛。许佳敏动容地说，疫情给队伍带来了非常大的困难，如果2020年就打奥运会的话，中国女队有很成熟的阵容和攻防体系，奥运延期后核心球员出现伤病，给球队带来了很多不确定因素。

2021年2月，世界杯夺冠主力吴迪接受左膝手术，一个月后主力姜佳音又在全运会预赛受伤，折损两员大将的中国女队不得不招收新人。三人篮球对球员持球能力和团队配合能力要求更高，阵容磨合并不是易事。

"打到这个地步，之前辛苦都是值得的。"张芷婷说，其实目前阵容进入四强已经很不容易，但大家信念都很坚定，就是一场场去拼，相信自己是最棒的，坚持到了最后。

国际奥委会一直看重三人篮球的普及性，比如在选拔规则上，积分排名前列的国家和地区将直接获得奥运会参赛资格，而积分多少则是一国或地区前100名三人篮球运动员一年内个人积分总和。中国男队就是直接凭借积分获得奥运会参赛资格，显现出这一运动在中国强大的群众基础。

"十分钟"创造历史之后，还有很多故事等待书写。"我相信有了这枚铜牌，中国三人篮球会发展得越来越好。"许佳敏说，希望通过国家队成绩的不断提升，带动国内球员、球迷以及地方层面的重视，这是她们这枚铜牌的价值所在。

# 激动人心的女子 10 米气步枪决赛

## 杨倩连续 7 发打出 10 环以上

# 一枪制胜

解放军报　仇建辉

子弹上膛，穿孔瞄准，调整呼吸，扣响扳机……

7 月 24 日，东京奥运会女子 10 米气步枪决赛在朝霞射击场举行，我国小将杨倩在最后时刻一枪制胜，勇夺首金。时隔 9 年，中国女枪手再次为中国体育代表团射落首金，赢得开门红。

每届奥运会，首金都是万众瞩目的焦点，延期的东京奥运会也不例外——毕竟，斩获首金对于鼓舞代表团士气、为接下来参赛的队伍释放夺金压力以及增强运动员信心等方面有着至关重要的作用。最近几届奥运会，首金基本都是在射击场上诞生。作为中国军团的传统优势项目，中国射击队经常承担争夺首金的重任。此前，中国射击队既有在悉尼、雅典、伦敦分别由陶璐娜、杜丽、易思玲顺利夺金的辉煌，也有在里约"双保险"却意外失手的苦涩。

7 月 24 日，夺取首金的重任再次交到了中国射击队的手上。中国队的两位年轻选手王璐瑶和杨倩携手出战女子 10 米气步枪的比赛，组成"双保险"全力冲金。

近年来，为了提升射击项目的影响力，国际射联对比赛规则进行了大幅调整。奥运会的资格赛，从过去的 40 发增加到 60 发，前八名闯进决赛，但预赛成绩不带入决赛；决赛进行 10 发射击后进入淘汰轮，每两发射击淘汰排名最后的选手，直到决出最终的冠军。因此，比赛的不确定性和偶然性大增。此外，比赛现场一改此前相对安静的环境，不仅播放音乐，主持人还实时播报选手的排名和成绩，教练和助威团也可以鼓掌呐喊甚至敲锣打鼓，这些都对运动员提出了更高的要求。要想赢得冠军，就需要在日常的训练中付出更多的努力。

资格赛中，赛前更被看好的王璐瑶仅以625.6环的成绩排名第18位，无缘决赛。来自浙江宁波的"00后"小姑娘杨倩以628.7环的成绩排名第6位，顺利跻身决赛。队友的意外失手，让杨倩成为中国射击队唯一的夺冠希望，压力一下子都来到这位清华学子的身上。

要知道，女子 10 米气步枪是一个竞争十分激烈的项目，强手林立。最近几年，印度选手进步神速，埃拉维尼尔·瓦拉里万、阿普维·昌德拉均具有世界顶尖水平。此外，美国队、挪威队、俄罗斯队、罗马尼亚队、克罗地亚队、中国台北队的选手也都有着不俗的竞争力。

进入决赛，成绩清零，8 名选手站在了同一起跑线上。杨倩沉着冷静，专注于自己的每一次击发，前 10 发打出两个正中靶心的最高分 10.9 环，暂时领跑，大家似乎看到了胜利的曙光。

金牌之路，道阻且长。杨倩打出高水平的同时，对手同样状态上佳，俄罗斯运动员加拉希娜连续打出高环数，一度将杨倩挤到了第二名。淘汰赛中，第一名到第四名之间的差距仅有 0.6 环，竞争进入白热化，任何一个闪失都可能提前出局。

咬住，杨倩在关键时刻不手软。小姑娘的面部表情始终没有变化，心态十分平稳，发挥也异常稳定。从第17发到第23发，每一枪都是10环以上。

最后的决战来了。场上只剩下杨倩和俄罗斯名将加拉希娜，两人之间的差距仅有 0.2 环, 一枪定胜负。加拉希娜率先出手, 8.9 环, 现场一阵叹息。杨倩 9.8 环, 逆转取胜, 锁定金牌。

东京奥运会首金, 花落中国。

夺冠后, 带着几分腼腆的杨倩, 笑靥如花。颁奖仪式上, 杨倩做了个"比心"的动作, 可爱的一面显露无遗。

提到练习射击, 杨倩笑着说:"特别开心。"2000 年, 杨倩出生于宁波鄞州, 10 岁开始在运动学校学习射击, 11 岁进入到宁波体校射击队, 师从资深教练虞利华。2014 年浙江省运动会, 14 岁的杨倩一口气拿下 3 枚金牌, 并在女子气步枪比赛中, 40 发打出了 399 环的世界级水平, 开始崭露头角。

运动成绩不俗, 学习成绩也很优秀, 2018 年杨倩顺利考上清华大学经管学院, 如今是一名大三的学生。

天道酬勤。杨倩能够爆冷夺金, 离不开她平时的刻苦努力。当然拥有良好的心理素质, 也是她每次比赛都能取得好成绩的重要原因。射击比赛, 往往到最后就是心理的对抗。备战东京奥运会的过程中, 为了提高队员的心理素质和抗干扰能力, 中国射击队也煞费苦心, 在队内赛和国内选拔赛中特意制造各种噪音。果然, 在东京奥运会上取得了奇效。

斩获首金, 不负重任。杨倩说:"拿到这块金牌感到非常自豪和开心。"

# 乒乓球女子单打　陈梦夺金孙颖莎摘银

# 关键时刻总有人能站出来

中国纪检监察报　黄秋霞　杨文佳

因为孙颖莎半决赛成功阻击日本选手伊藤美诚，7 月 29 日晚的东京奥运会乒乓球女单决赛少了大半悬念。最终，27 岁才第一次站上奥运舞台的世界头号女乒选手陈梦 4 比 2 击败队友孙颖莎，如愿获得金牌。

"两人发挥稳定，共同代表了当今世界女乒的最高水平，陈梦经验丰富、攻防稳固，孙颖莎速度迅捷、敢于挑战，我感到特别欣慰。"第六次参加奥运会，带出过王楠、张怡宁、李晓霞三位"大满贯"的功勋教练李隼告诉记者，二人在赛前制定战术和准备上，做了非常艰苦的准备。

在瞬息万变的赛场，胜负只在毫厘之间，而运动员唯一能做的就是提升实力，不断在克服困难中练就钢筋铁骨。

竞争的道路上，陈梦一直在挑战自己。2018 年备战亚运会时，陈梦为了在生活中"找困难"，硬着头皮喝自己不爱喝的牛奶；2020 年集训时，她又在低迷状态中挑战自己，一点点摸索走出来。在备战东京奥运会的过程中，"以前我特别不愿意和男队员一起训练，感觉有一些恐惧，但想要提高，就需要和男队员对抗，跟上练球的质量和速度"。陈梦说，因为实力提升和心态变好，现在能够冷静对抗强劲对手。

无论是力保金牌，还是提振士气，孙颖莎承担的压力显而易见。在冲刺训练期间，为更好适应奥运会，每天的体能训练量明显变多了，"每一天都好像在跟自己打架"，但每次在累倒又站起来的时候，战胜困难的信念都变得更强。

7月29日，孙颖莎4比0击败日本选手伊藤美诚。第二局中，孙颖莎在1比6落后的情况下，最终以11比9逆转拿下关键局。

"她的表现超乎我的想象，在奥运会这么大的压力下，发挥得非常完美。"李隼告诉记者，"为何中国队长盛不衰？因为关键时刻总有人能站出来。"

在李隼看来，孙颖莎便是这次国乒遭遇强力挑战时挺身而出的那个人。三天前的乒乓球奥运首金诞生夜，伊藤美诚搭档老将水谷隼逆转两局落后的不利形势，4比3击败中国组合许昕/刘诗雯，夺取奥运史上首块混双金牌。这也是日本乒乓球历史上的首块奥运会金牌。

单打登台后，日本男线在八强赛前便全军覆没，女单老将石川佳纯又折戟四分之一决赛，东道主的期待再一次落在年仅20岁的伊藤美诚身上。这位15岁时就参加了里约奥运会，还和福原爱、石川佳纯一起赢得女团铜牌的日本乒球新一代领军人物，抽签恰好落在二号种子孙颖莎所在半区。

孙颖莎赢完这场球，李隼坦言国乒女队的信心又涨回来了，不光单打会师决赛，对后面的团体赛也有提振。他透露，从混双失利中走出来的刘诗雯28日开始已经恢复正常训练，看完队友的两场半决赛也是第一时间回到训练场。

在李隼看来，中国乒乓球队强大的秘诀之一，正是在一代代运动员身上的敢拼敢搏、勇敢担当的精神。"多年来形成的良性的竞争体系和浓厚的业务钻研氛围下，老队员时刻保持危机、不敢懈怠，年轻队员更是精益求精、积极进取。"

谈及对未来的期待，李隼告诉记者，平时训练馆墙上的标语"祖国荣誉高于一切"烙印在每个人心里，为国争光的初心下，大家会创造出更多不平凡的成绩。

# 马龙达成史无前例双圈大满贯全新乒坛传奇诞生

# 坚持信念　一分一分去打

中国纪检监察报　左翰嫡

直径 40 毫米的白色小球落地，中国奥运奖牌榜再添一金一银。

7 月 30 日晚，马龙在中国德比大战中 4 比 2 击败樊振东，成功卫冕乒乓球奥运男单冠军，达成史无前例的双圈大满贯。东京体育馆里，国际奥委会主席巴赫见证了全新乒坛传奇的诞生，也目睹了感人的一幕——稳重的马龙和年轻的樊振东共同举起五星红旗，映红了中国男乒的现在和未来。

接通记者的电话后，国乒男队主教练秦志戬用"当今最高水平的巅峰对决"形容这场比赛："经历了 29 号的半决赛，两个人的技术和心理都达到了顶峰。"

正如秦志戬所言，相比这场"奥运会变全运会"的最终决战，两场打满 7 局的半决赛显得更为凶险。面对状态神勇的中国台北小将林昀儒，樊振东在开局落后的情况下凭借惊人的定力与意志力拼下硬仗；另一个半区，马龙顶住压力，涉险淘汰德国选手奥恰洛夫，整场比赛耗时达 1 小时 21 分钟。

镜头拉近，马龙左腿膝盖处，一道 5 厘米的疤痕隐约可见。从咬牙打下数针封闭，到孤注一掷决定接受膝伤手术，再到"练到生理上想吐"的康复训练，这名 33 岁的老将在这个漫长而艰难的奥运周期里的经历，被一五一十地记录在队医王都春的手机里：一张张 X 光片，一份份会诊报告，以及趴在地上被康复师"掐"着脖子向上掰的画面。

秦志戬告诉记者，想要踏上奥运舞台，摆在马龙面前的是三重难关："一是伤病关，能不能从膝伤中恢复过来；二是心理关，术后能不能重建信心，顺利地站到赛场上；三是能力关，重返球场后，是否还具备顶级的竞技实力。"

突如其来的疫情更让马龙的奥运之旅陡生变数——周期延迟，外战取消，备战节奏被全部打乱。

荆棘当前，支撑着"龙队"的是整个国乒团队的力量。"我们一直告诉他，你行，你可以，你能做到。"秦志戬说。

升国旗奏国歌的梦想和对冠军的渴望，成为马龙前行路上的又一重动力。他在接受采访时表示，奥运会与其他比赛不同，不管落后多少都不会放弃，"坚持信念，一分一分去打"。

这种信念感，在半决赛终场的瞬间被体现得淋漓尽致——随着奥恰洛夫回球下网，艰难取胜的马龙转身振臂高呼："他赢不了我！"在他的背后，象征着中国的"CHN"金色印字闪闪发光。

作为中国男乒的旗帜性人物，"不输外战"是马龙在参加奥运会前给自己定下的目标。在中国乒乓球队，拼尽全力守住自己所在的半区，是球员们在参加国际大赛时的共识。为了这个任务，无论是常年征战的老将还是初露锋芒的小将，都可以毫不犹豫地燃尽自己油箱里最后的一滴油。

"会师决赛是我们在每一个奥运周期的终极目标。"秦志戬说，"马龙和樊振东有一个共同的特点，就是勇于承担责任。在男单赛场上，两个人都出色地完成了自己的使命。"

"中国乒乓球队最好的就是传帮带，每个时代的成功经验，哪怕是失败的教训，都会传递给年青一代运动员。"马龙说。

他确实是这样做的——奥运赛场上，一个个挽狂澜于既倒的极限救球，一次次相持对攻中的主动变线，一声声拼下关键球后的怒吼，让守在直播前的无数中国观众为之动容。

白色小球飞舞在球台上空，那是国乒队员跃动着的、为国而战的心。

# 中国 3 比 0 击败日本实现奥运女乒团体 4 连冠

# 忧患意识是保持胜利的密码

中国纪检监察报 黄秋霞 左翰嫡

在 8 月 5 日晚举行的乒乓球女子团体决赛中，陈梦、孙颖莎、王曼昱 3 名女将直落 3 盘击败日本队，以一场酣畅淋漓的胜利为中国体育代表团赢得本届奥运会第 34 枚金牌。

在展望这场大战时，国乒女队教练李隼曾直言，"就是看关键时刻谁能豁得出去"。面对经验丰富的日本队，3 名首次参加奥运会的中国选手在决赛中放下包袱，表现出了极强的团队凝聚力。首盘双打比赛，陈梦 / 王曼昱顶住压力击败石川佳纯 / 平野美宇取得开门红；随后登场的孙颖莎再度力克伊藤美诚，进一步夯实胜利基础；在与平野美宇的关键对决中，王曼昱 3 比 0 零封对手，一锤定音锁定金牌。

"我们三个人是一个集体。"赛后，孙颖莎用"兴奋"形容自己的状态，"每个人都发挥得不错，我们的付出得到了回报。"

团队作战，考验选手的协作能力，更考验中国队的排兵布阵。"派出陈梦和王曼昱对阵擅长打巧球的石川佳纯和平野美宇，是考虑到二人有实战配合经验、实力深厚，有助于拿下关键一分，稳住信心。"李隼在电话中对记者表示，"在单打环节，能力和心理上都具备优势的孙颖莎是迎战伊藤美诚的最佳人选。"

瞬息万变的决赛赛场上，老将陈梦成为队伍的"定海神针"。为提前调动陈梦的状态，李隼在半决赛中便有意安排她与球路相克的德国球员索尔佳"正面刚"："单打夺冠后，多多少少会有一些放松，通过这个比赛'吓一吓'她，为决赛做好充分准备。"

作为中国乒乓球队在奥运会中启用的首名P卡选手，在决赛中夺得2分的王曼昱同样表现亮眼。自奥运会设置P卡以来，中国从不曾放松对P卡选手的训练标准，完全对标正式选手进行练兵。王曼昱说，自己早已做好了打硬仗的准备，"在每个细节、每个环节上按参赛人员的标准要求自己"。

"多年来，我们的队伍始终保持着忧患意识。"中国乒协副主席、上海市体育局竞技体育处处长王励勤说。

受新冠肺炎疫情影响，东京奥运会周期的国际乒乓球比赛数量锐减，缺少练兵机会成为各支队伍面临的共同问题。困难当前，国内组织的一系列奥运会模拟赛为队员们提供了锤炼能力、培养默契的平台。"通过比赛能够让教练员、运动员看到希望和信心，同时也看到不足。"中国乒乓球队领队刘国梁说。

自2008年乒乓球团体比赛在奥运会立项以来，中国队从未让这一项目的金牌旁落。谈及这支队伍何以长期保持世界顶尖竞技水平时，王励勤告诉记者，一个重要原因在于国乒历来重视团队建设，"我们有一群始终把祖国荣誉放在第一位的运动员，有一支爱岗敬业的教练队伍，以及一批乐于奉献的保障人员。大家团结协作、群策群力，就能应对备战和比赛中遇到的各种困难挑战"。

# 冠军"菲"你莫属

北京日报社　袁虹衡　李远飞　陈嘉堃

　　陈雨菲赢了！经过 45 拍的较量后，她拿下了羽毛球女单决赛的最后一分。为了这一时刻，中国羽毛球女单组的每个人等待了 9 年！

　　从 2000 年开始，奥运会羽毛球女单冠军连续四届被中国选手夺得，龚智超、张宁、李雪芮先后登上了奥运最高领奖台。然而 2012 年伦敦奥运会后，中国女单出现人才断档，在 2016 年里约奥运会上，女单决赛没有了中国选手的身影。作为新一代中国女单的代表人物，陈雨菲近几年快速成长，被寄予了重新擎起中国女单大旗的厚望。"能够延续中国女单在奥运会上的辉煌，我非常开心。"陈雨菲赛后说，"其实我们在 2016 年后遇到了很多困难，今天我能站上最高领奖台，对中国女单近 5 年的努力是一种肯定。"

　　同戴资颖这场女单决赛，陈雨菲在实力上并不占上风。戴资颖球风凶狠，打法刁钻，尤其网前功夫了得。她携世界排名第一之势，赛前表示要在自己第三次奥运之旅夺得冠军。而陈雨菲是第一次参加奥运会，以往在同戴资颖的交锋中处于劣势。在决赛前她本着多打一场是一场的平和心态，一直拼到了决赛。决赛中她把自己放在了较低位置上，"一直以来我都把戴资颖当作赶超目标，从一开始输她，到后来突破了一两次，可以说，她就是我刻苦训练的动力"。

　　比赛中戴资颖一上来就展现出咄咄逼人的气势，主动进攻，不断提速，试图一口气吞下陈雨菲。然而陈雨菲却不急不躁，坚持拉吊结合、适时突击的战术，双方比分交替上升，当陈雨菲第一盘以 19 比 18 领先时，她利用对方急躁的心态，连抓两分取得了开门红。第二局陈雨菲开局较顺，一度以 10 比 6 领先。但随后连续丢分，被对手以 21 比 19 扳回一局。"今天第二局比较可惜，因为前 11 分我一直领先，所以后面有点着急，犯了错误。"陈雨菲说，"所以第三局我告诉自己一定要冷静，重新开始。今天我做得好的地方，就是不管遇到什么困难都没放弃，而是想办法解决问题。"

在决胜局中，陈雨菲没有为第二局的失利而懊恼，她仍一如既往地耐心"磨"对手。而戴资颖的心态却发生了变化，打得越来越急躁，导致失误频频，很快以 3 比 10 落后，然而此时陈雨菲的体能也接近了极限，戴资颖抓住机会连续追分。此时陈雨菲思路清晰，"当时我告诉自己不要急，就算对手连续得分，我也要冷静下来"。赛后她说。

此后一直急于追分的戴资颖，出现了多次无谓失误，陈雨菲以 20 比 17 拿到 3 个赛点。在救回一个赛点后，因为一个放网失误，被陈雨菲夺得冠军，而她只能接受失败。赛后戴资颖坦言："这次决赛我太急于求成了，所以无谓失误太多，三局比赛前半段分数一直落后，虽然第二局追回了，但第三局实在没有办法挽回了。"

# 胜也爱你　败也爱你

湖北日报　胡革辉

由于第 8 号台风逼近，东京昨日深夜就已下起了小雨。早上乘坐媒体大巴去女排赛场时，外边已是风雨交加，雨点虽不大，但滴在身上还是冷冷的。

中美之战，7月27日女排赛场的焦点。虽然中国女排已不被看好，但前来采访的中国媒体比首战土耳其队时多了不少，大家都期待着姑娘们能带来一份惊喜。良好的愿望，最终还是落空了，整场比赛除了压抑，就是揪心。朱婷扣球后隐约闪现的痛苦表情，李盈莹强攻被拦后流露的苦涩笑容，郎导接受完采访离开时的孤独背影……赛场内外的点点滴滴，无一不让人揪心。开局两连败，女排姑娘们背负的压力可想而知，但外人无法分担。

媒体大巴驶出赛场，冷雨仍在淅淅沥沥地下着。透过有明竞技场外的隔离挡板，远远地看到马路边有几抹红色在闪动。五六名年轻的球迷在雨中伫立着，身前展开的一面五星红旗在街头格外引人注目，他们举着手机，不停地挥舞着手中的小国旗，头发早已被雨水淋湿。虽然口罩遮住了他们的面容，但即使隔着玻璃，仍能从他们的眼神中感受到那份执着，那份真情。由于疫情，虽然不能进场助威，但他们甘愿守候在赛场外，守候着女排姑娘们，通过这种方式给她们送上一声问候和鼓励。

此情此景，不禁让人感慨万千！

大巴到达终点——位于东京湾的媒体交通枢纽中心，冷雨突然停歇，刚刚还是阴云密布的天空也露出了几片蓝色，一缕缕阳光斜射下来，照在身上，暖暖的！

# 周倩：5 年前的愿望实现了

湖南红网新媒体集团　周雨墨

北京时间 8 月 2 日晚 8 点，岳阳汨罗姑娘周倩上场在 1 分半内迅速在 2 比 0 领先后完成了控制，战胜日本选手皆川博惠，获得 2020 东京奥运会女子自由式摔跤铜牌。

5 年前，2017 年天津全运会上，28 岁的周倩 6 比 3 力克对手夺得了自己首枚全运会金牌，在这个大部分运动员都选择退役的年纪，周倩在赛后混采区告诉红网体育记者："全运会夺冠只是实现了我的一个小愿望，我还有想要实现的大愿望。"当红网体育记者说出"是不是东京奥运会"时，周倩点了点头。

5 年后，在幕张展览馆站上了东京奥运会女子自由式摔跤 76 公斤级领奖台的她，终于实现了自己的愿望。

5 年前天津夺冠时，周倩开了一个玩笑，她说："希望今夜的烟花不要把我家屋顶都炸没了。"而今天，在汨罗川山坪镇燕塘村的周倩家中，所有亲朋好友和父老乡亲早早在屋场里挂起加油横幅，举着小国旗见证了她登上领奖台的一幕。

这一天，太久了。

## 从天津到东京

7 月 28 日，周倩从北京启程前往东京，出发前她在微信里跟记者说争取让你在 8 月 2 日的比赛中看到我。

8 月 1 日，周倩在首轮对阵乌克兰艾拉的比赛中，以 4 比 3 赢得比赛，成功晋级 1/4 决赛。随后面对德国选手洛特弗，她以 3 比 8 不敌对手，进入复活赛。8 月 2 日上午，复活赛周倩遭遇白俄罗斯选手瓦希莉莎·马扎柳克，最终经过激烈的比赛她以 2 比 1 击败对手，进入铜牌争夺战。

在刚刚结束的比赛中，她上场直接锁死皆川博惠，在 1 分半的时间内结束比赛，以 2 比 0 战胜对手，收获铜牌。2018 年雅加达亚运会上，她就曾在决赛中以 8 比 0 完胜皆川博惠，获得了个人首枚亚运会金牌。

当时赛前她曾在接受红网体育记者采访时说道："日本选手一直以来都是我的重要对手之一，在 2017 年底和 2018 年初的两届世界杯上，我都输给了日本队，只获得银牌，所以想要在亚运会上报仇夺金。"当时的她，也实现了自己想要"复仇"的愿望。

而东京奥运会是她想要再一次证明自己的地方。

2014 年，周倩首次参加世锦赛便获女子 75 公斤级铜牌，2016 年收获世锦赛亚军，2014 年至 2016 年包揽全国比赛冠军……她是当时国内女子 75 公斤级水平最高的选手。

然而 2016 年，周倩却在最后关头落选里约奥运会军团。"那时候村里人都开始拉横幅庆祝，结果最后关头落选了。"周倩回忆道，无缘里约奥运会一度成为她的心理阴影。"那一个多月，我很消极。看到父母的操劳，我也很心酸。"周倩说，那段时间，不善言辞的父母每天除了种地、做饭，就是"应付"邻居的各种议论，"有一瞬间突然觉得父母把这份难受憋得很辛苦，我觉得自己应该回到训练场，就为了他们。"

重回训练场的周倩，直指天津全运会，那是她第三次参加全运会了。从第一届止步淘汰赛，到第二届降级摘银，再到天津问鼎冠军，周倩用 8 年时间去拼这一块金牌。"小时候刚学摔跤时，教练说我挺有天赋的，但一次一次比赛比下来，我感觉我可能是比别人更努力和更能坚持吧。"周倩在全运会赛后采访时说道。也是如此，她在不少运动员开始思考退役的年纪，再度瞄准奥运会。

2018 年 2 月的亚锦赛是周倩在经历了级别改制和新规后的首场比赛，在这场比赛中她斩获了个人首枚亚锦赛金牌。随后 3 月进行的 2018 年国际女子摔跤世界杯赛上，虽然她帮助中国队在最后一场决赛中力克强敌日本队，但在总分打平的情况下，中国队输小分而遗憾屈居亚军。赛后国际摔联在其官网上写道："中国证明他们仍有大级别世界最顶尖选手。"

在 2019 年 9 月 20 日结束的 2019 年摔跤世锦赛女子自由式摔跤 76 公斤级比赛中，周倩最终获得第五名，成功为中国摔跤队争取到一张东京奥运会入场券。赛后周倩一刻不停地回到了队伍里继续训练，她告诉记者："现在拿到的是入场券，最终去东京的人会不会是我还不知道。竞争太激烈了，当你不努力，当你哪怕只是消失一小会，也立马就会有人顶替上来。"

2020 年的全国国际式摔跤锦标赛暨奥运会资格选拔赛上，伤愈复出的周倩一举夺得了女子摔跤 76 公斤级比赛冠军，夺冠后，周倩在接受记者采访时仍表示："虽然未确定由哪一位运动员前往东京，但自己会继续踏实训练，保持状态，积极争取。希望这个冠军可以成为自己备战奥运会的激励。"

2021 年，当最终确认获得了前往东京的资格时，周倩并没有松了一口气的感觉。梦想就在眼前，她只能更加努力。在距离奥运会只有不到两个月时间时，周倩出现了脚踝关节紊乱，一度只能拖着水肿的腿坐着训练，"站不起来的时候，也一直在练手上的动作，所以我还是没问题的"。

5 年前一个轻微的点头，5 年后走下赛场的周倩，对着镜头露出了微笑。

## "坚持下去吧"

"身体不会欺骗你。我现在身体的适应和恢复能力就比队里的年轻队员差多了。" 2018 年接受红网体育记者采访时周倩说到。当时深受伤病困扰的她，曾经后悔过，为什么 2017 年全运会比完没有退役，而是一激动跟记者说了"要去东京"这句话。

当时的她正在备战 2018 年雅加达亚运会，那是她首次参加亚运会。带着还未痊愈的伤病前往雅加达的周倩，背负着巨大的心理压力，"我会觉得自己这么大年纪了，这是我第一届亚运会，可能也是最后一届亚运会，非常想有一个好成绩，但同时也十分害怕自己不能有好的表现"。最终在比赛前，她找到了随队心理医生接受心理疏导。赛后她表示抛开了心理包袱的自己宛如新生。

东京之旅，对于周倩来说，同样既是她的第一届奥运会也是最后一届。但与 3 年前不同，这一次她放下了。赛前她表示自己是个"人来疯"的选手："我觉得在场上要自嗨了，给自己鼓劲，每一场都当成自己最后一场去拼。"于是比赛场上，战胜了对手的周倩在赛台上高举双手为自己鼓掌。

这枚铜牌对于已经 32 岁的周倩来说，来得并不容易。在备战东京奥运会的 5 年里，周倩的伤病一直反反复复，每一次怀疑自己时，她都在内心告诉自己："坚持下去吧，就算失败了，也会比现在更好。"

面对如家常便饭般的伤病，周倩已经习惯了带着伤去训练，她说："一天天坚持下来，我觉得自己变得强大了很多。之前，我和我们湖南队另一名运动员庞倩玉，都是同时伤了左手和左腿，绑带缠得只能拖着腿走路，然后我们就互相搀着出现在训练场。"

亚运会结束后，周倩暂时离开了赛场，一直在接受治疗，2019 年她又因为膝伤进行了手术，随着年纪渐长，比起年轻运动员，她所要承受的伤痛更为严重，恢复起来也更加缓慢。但即使如此，2019 年世锦赛是周倩在亚运会后第一个世界级大赛，即使许久没有登上大赛舞台，周倩还是获得了第 5 名，并且争取到了东京奥运会的门票。

打完世锦赛回国后，周倩进入了新一轮养伤的过程中，其间她一直没有参加国内比赛，直到 2020 年年末的全国锦标赛她才伤愈复出，并且夺得了全国冠军。这距离她受伤前上一次参加国内锦标赛已经过去了 3 年。

　　进入 2021 年，周倩的身体状态才开始逐渐稳定，虽然仍有不可避免的小伤小病，但并不影响她系统地备战东京奥运会。出征东京之前，湖南省体育局副局长龚旭红曾表示，希望好不容易打进奥运会的摔跤姑娘能抓住这次机会，在奥运赛场上取得好的名次，不留遗憾。

　　对于周倩来说，5 年时间不断与伤病斗争的过程，10 余年间只能通过视频与家人共进年夜饭的辛酸，终将会在登上东京奥运会领奖台的那一刻，释怀。

# 那个念叨麦当劳的姑娘，已更值得期待

湖南红网新媒体集团　周雨墨

当印尼选手抱着教练对着镜头嚎啕大哭时，贾一凡和陈清晨互相拥抱安慰，沉默落泪。

哭，可以传达出不同的情绪——这是东京奥运会羽毛球女双决赛后无言的对比。

北京时间 8 月 2 日，东京奥运会羽毛球女双决赛，湖南运动员贾一凡与搭档 7 年的老队友陈清晨以 0 比 2 不敌印尼组合波利/拉哈尤，摘得银牌。这对从小组赛开始就喊着"lucky""幸运"的组合，没能将幸运维持到最后的最高领奖台。

竞技体育的残酷就在于，有胜就必定会有负，有夺冠的欣喜也一定会有错失的遗憾。

距离巴黎只有 3 年。"凡尘"组合，沉淀下来，重新出发。

## 熬过懵懂与低迷　却泪洒东京领奖台

熟悉中国羽毛球的球迷应该都知道，2016 年里约奥运会是国羽的滑铁卢。重新崛起，是这个奥运周期里最大的期待。

所以，这才有了陈雨菲昨天女单夺冠后那句"用这个冠军证明女单的重新崛起"。

里约之后，田卿、赵芸蕾等女双名将接连退役，贾一凡和陈清晨一下子顶上了主力核心的位置，当时两人刚刚进入一队不久。被确立为国羽一号种子选手，两人马上拿下了法国公开赛的冠军。回望5年前，贾一凡说："当时懵懵懂懂地去参加比赛，甚至拿到了冠军也不清楚究竟怎么拿的，所以也不知道要怎样维持这个水平，教练也摸不透我们的规律，自己也难以控制自己的水平发挥。"

正是如此，两个小姑娘在东京奥运会周期经历了过山车般的起起伏伏，一路摸爬滚打。2017年，两人在苏迪曼杯失利后立马在世锦赛上强势摘金，却在参加天津全运会时与金牌擦肩而过。赛后，贾一凡接受红网体育记者采访时说："在2020东京奥运会之前，我会把每一次比赛，每一场胜利和每一次失利都当作历练，在这一次次历练的过程中沉淀自己，让自己更加成熟和出色。"

2018年由于伤病，两人状态均不稳定，在各大比赛中一冠难求，但在雅加达亚运会上，面对里约奥运会冠军、日本强档高桥礼华/松友美佐纪，两人发挥出了绝佳水平，拿下亚运会羽毛球女双冠军。

那是一个来之不易的冠军，贾一凡后来回忆当时说，"2018年的亚运会，我们前一天团体赛刚输，自我的埋怨和外界的声音给我的压力确实是非常大，但是转天又要去面对单项的比赛，只有一个晚上的时间调整，别人的劝解也很难疏通我的想法，只能自我去调整，只能想着干就完了"。

2019年两人触底反弹，在苏迪曼杯世界羽毛球混合团体锦标赛中用出色的表现拿下女双冠军，重回世界第一；2020年由于疫情两人暂时告别了国际赛场，直到东京奥运会前，两人排名世界第二。

状态起起伏伏，贾一凡一直以来承受着巨大的舆论压力，也一直对自己不够自信，哪怕是在2019年登顶世界第一后，贾一凡在接受采访时说道："从大姐姐们手中接过国羽女双这个位置，我一直在问我自己'我准备好了吗？'但在这三年的比赛中，对手告诉了我，'我没有'。"

但从8岁开始就在湖南接受羽毛球训练的她，骨子里也有着湖南人不服输的性格，即使是在怀疑自己时，她也在暗自努力。"我一直在努力让自己变得更强。大家都说最终能不能站上最高领奖台可能也看那一点点运气。可我始终觉得，运气也会更倾向于更努力的人那边，所以我也每天都在努力，也希望自己可以再努力一点。"

这是两人第一次参加奥运会，她们最初的目标就是获得东京奥运会参赛资格。当她们真正站上了赛场时，也并没有被寄予夺冠的厚望。贾一凡自己也说："我觉得进了前四我们已经赚到了。"而大家看着从小组赛开始一路高歌猛进已然杀疯的她们，却开始期待两名"95后"能走得更远一点。

决赛赛场，贾一凡/陈清晨面对的是在四分之一决赛中淘汰了杜玥/李茵晖的印尼组合波利/拉哈尤。开局打得并不顺利，印尼组合一直保持着2~3分的领先优势，但"凡尘"组合一如既往地互相鼓劲，打得非常顽强，死死咬住了比分，贾一凡甚至打断了球拍，但两人还是以19比21丢掉了首局。第二局比赛，有着领先优势的印尼队越打越兴奋，而背负着巨大心理压力的贾一凡和陈清晨频繁失误，两人以15比21失掉第二局，最终获得银牌。

走下赛场，难掩失落，站上领奖台的一刻两人忍不住泪洒现场。一路走来，搭档的7年时间里，她们经历了太多次这样的时刻。

### 不只是那个爱吃麦当劳的小姑娘了

本届奥运会第一场小组赛后，面对新华社的采访，贾一凡开玩笑地说道："太遗憾了。我盼了5年的奥运会没有麦当劳。想吃免费的麦当劳！所以为了这个我还得再坚持一届。"

2017年天津全运会，当红网体育记者在赛后采访她时，刚刚输掉比赛、睫毛上还挂着眼泪的小姑娘说起爱吃的东西，也忍不住笑了出来，她说："其实饭我不太爱吃，我就爱吃麦当劳，从小就爱吃，特别爱吃。"

但其实一直以来她很少能吃到想吃的麦当劳。现在已经24岁的贾一凡，练习羽毛球18年了。2003年，贾一凡在一次天津的比赛中被湖南教练看上，邀她到湖南益阳体校训练。2004年贾一凡背起行囊离开天津远赴湖南益阳，开始了自己一段全新的旅程。2010年，贾一凡正式从益阳体校进入湖南省队，3年后又进入了国家青年队。从小在运动队里长大的她，没有"资格"随心所欲地外出吃麦当劳。

真正成年后，即使嘴馋，她也知道控制体重对于一个职业运动员来说有多难。虽是在南方长大，但她始终是个北方姑娘，从小体格就看着比队里的队员更壮实，天津全运会后她也在想：是不是更瘦一点在场上会更灵活，成绩会更好。当时她就告诉记者："控制体重一直很艰难，不过既然对竞技状态有影响，那么就一定要坚持减重。"

2018年，在2018—2019赛季羽超联赛第四轮比赛后，贾一凡看到红网体育记者后就说："我已经很久没有吃过麦当劳了，一直在努力减重，控制体重也比之前好了很多。虽然减重的过程很痛苦，但为了事业还是要自律一些。"

也许看起来还是那个张嘴不离麦当劳的小女孩，但实际上，5年的时间让贾一凡变得更加成熟。在2017年"苏杯"失利后，她学会了让一切失败都成为经验的积累；在2018年亚运会团体赛输球后，她学会了如何在一个晚上调整好心理状态去面对第二天的挑战，并成功夺冠。

2020年面对东京奥运会延期时，她说："这或许是一件对我有利的事情，多了这一年的储备期，我自己在各个方面也变得更为成熟了，准备得越多，就越能在场上去解决各种可能出现的困难。"

从"死亡小组"一路打进决赛，即使今天她们的发挥并不完美，但从赛后两人大度地庆祝完对手，回到场下还在分析比赛的表现来看，5年的时间，让那个2017年输掉比赛后默默流泪的小姑娘变得更加成熟，也让她们的未来看起来更加值得期待。

# 王宇微：道阻且长，好在坚持到底

湖南红网新媒体集团　周雨墨

5月5日，中国赛艇女子八人单桨国家队正式成军，把女子双人双桨、双人单桨、四人单桨和八人单桨四个项目的运动员重新整合，湖南运动员王宇微作为队内"体能王"入选。

5月16日，她们兵发在瑞典举行的东京奥运会赛艇资格赛，斩获东京奥运会门票。

7月30日，在东京奥运会赛艇女子八人单桨有舵手决赛中，王宇微与队友王子凤、徐菲、苗甜、张敏、巨蕊、李晶晶、郭淋淋、张德常（舵手）最后逆转对手获得一枚宝贵的铜牌，平了中国队在奥运会该项目的最佳成绩。这是中国赛艇队继1988汉城奥运会获得铜牌后，时隔33年再次登上该项目的领奖台。

## 在不同空间为同样的梦想努力

7月30日是湖南省赛艇队进行测功仪和力量训练的日子。按照计划，上午8点左右队员们开始训练，而王宇微的比赛时间是北京时间上午9点05分。

虽然队员们都无法看比赛，站在一旁的教练们却纷纷掏出了手机。主教练宋良友从8点多就一边开着手机看着比赛情况，一边盯着眼前的队员们注意动作的标准性。

等9点一到，王国初教练也立刻打开了手机直播，蹲在凉亭里，一旁的助理教练贾明亮也凑在旁边。队员们即使好奇比赛情况，也只能尽力集中精力完成训练。

比赛开始，位于第 6 道的中国姑娘们出发顺利有力，占据了第二的位置。500 米处，中国队因为桨频逐渐放缓，落到第四位，一直压着身边的罗马尼亚队，与排名第三的新西兰队几乎持平，并将这个节奏保持至赛程过半的 1000 米处。

此时的中国队开始加桨频提速，死死跟住前三名，1500 米处超过澳大利亚队升至第三位，并且缩短了与第一、第二名的距离。最后 500 米，中国姑娘把桨频带了起来，虽然澳大利亚队一直在追赶，但中国队坚持到了最后，以 6 分 01 秒 21 获得一枚宝贵的铜牌。

一直看着王宇微长大的王国初看到最后激动时，直接站了起来，同时按下了脖子上挂着的秒表，算起了桨频，宋良友也走了过来凑在了一起。中国队冲线后，王国初高兴地攥了攥拳头，宋良友也收起手机走向队伍，冷静地说了句："有了，铜牌！"在二楼办公室看比赛的曲凤也立刻从二楼往楼下冲，想要跟全队分享这个好消息。

听到这个消息的湖南省赛艇队队员们纷纷露出了笑脸，脚下的步子却一点也没停下。

"你在赛场乘风破浪成功圆梦，我在训练场竭尽全力奋进追梦。"这大概就是湖南赛艇队这几天的训练状态吧。

## 内蒙古女孩湖南长大

2005 年 7 月 5 日，那是 13 岁的王宇微从家乡内蒙古满洲里到位于常德柳叶湖的湖南省水上运动管理中心的第一天。她觉得自己已经是一个可以离开父母独自去面对陌生世界的大人了。

从到队第一天起王宇微就由当时的湖南省赛艇队教练黄胜雄负责，一带就是 10 年，黄胜雄在辽宁全运会后退休，才转到宋良友手下。

湖南省赛艇队领队曲凤说，当时黄胜雄和他妻子一直将王宇微视为自己的孩子,从生活到训练都十分精心地照顾着,到后期黄胜雄几乎只带王宇微这一名队员。在老教练的悉心呵护下,王宇微在成长过程中一直保持着一份像孩子般的率真和善良。

"这孩子特别单纯。"曲凤告诉记者,"她很适合做朋友,而且是贴心朋友,她就是很直白一个人,你好像一眼就能看全了她似的。"

黄胜雄退休后,王宇微开始正式跟着宋良友训练,也在尝试融入这个大集体,当时这个队伍中的张亮和史志强已经在 2009 年山东全运会斩获湖南第一块赛艇金牌。而在那一届全运会中,王宇微名列第五。

曲凤回忆:"虽然宇微已经在湖南将近 10 年了,但之前一直一个人跟着黄教练,我们也害怕她有点不适应大团队的氛围,所以一开始也很照顾她。这个孩子真的特别善良,她能感觉你们的好,也很快就能信任,所以这五六年里,我们之间也慢慢建立起很深的连接。"

就像所有操心孩子婚姻大事的父母一样,曲凤和赛艇队的教练们也十分担心王宇微的感情生活,曲凤在私下也会悄悄问记者:"你能帮我们宇微征征婚吗?她一直训练,都还没有男朋友。"

上午的比赛结束,王宇微获得东京奥运会铜牌。午饭过后,曲凤特意嘱咐助理教练贾明亮将队员的手机暂时发回每个人手中,叮嘱每个队员要在群里跟王宇微、张亮、伊绪帝说几句祝福的话,庆祝他们在东京赛场取得的好成绩。

### 两度换艇,坚持通往梦想之巅

王宇微 2005 年初到湖南时,从来没有接触过赛艇,只是由于身材条件十分优越,所以被引进开始进行赛艇训练。学习了 3 年后,王宇微开始参加国内比赛,第一年并没有取得什么成绩,2009 年在全国青年赛艇锦标赛单人艇项目上拿到了第二名,也进入了国家青年集训队,随后她参加了 2009 年的世界青年锦标赛双人双桨项目,这是她第一次参加世界级的比赛——这时候才 18 岁的王宇微并没有想到，自己下一次参加世界级比赛，竟要等到 25 岁。

那是 2016 年世锦赛，王宇微在这一届比赛中获得了第五名，也拿到了前往里约奥运会的资格。在这个里约奥运周期里，王宇微在 2013 年辽宁全运会上获得了单人双桨第五名，在 2014 年仁川亚运会上问鼎女子四人双桨冠军，在 2015 年全国赛艇冠军赛和全国赛艇锦标赛上接连获得女子双人双桨 2000 米冠军。2016 年里约奥运会，她和队友杀进决赛，最终获得第六名。

进入东京奥运会周期，王宇微也逐渐迎来自己运动生涯的高峰期。2017 年天津全运会，她获得了女子四人双桨银牌；2018 年世界杯第二站，她所在的四人双桨项目获得亚军，随后世锦赛上又获得了第四名。2019 年，她第一次转项，根据国家队教练组的安排，她由四人双桨转向双人双桨项目，搭档鲁诗雨。2019 赛季，她们获得了世界杯第一站的冠军、世界杯总冠军，并且在世锦赛上为中国拿到了女子双人双桨的东京奥运会资格。

2021 年 5 月，中国赛艇队决定将女子八人单桨有舵手项目的 9 名队员成立首个赛艇常设国家队，改变以往队内组合搭配来配艇的方式，王宇微作为"体能王"入选，这是她在这个周期里第二次转项，这一次距离奥运会开赛不足 3 个月。

3 个月时间，她们完成了配艇、磨合，取得奥运会参赛资格，以及登上奥运会领奖台。

曲凤告诉记者，第一次被安排转项时，王宇微有些想不通，当时的女子四人双桨几乎是国家队内最稳定的一条艇，而她被换下。"宇微当时给我发消息，说有些不想练了，孩子有些委屈。"曲凤拿起手机一边翻找着 2019 年的聊天记录一边说着，"但是我们觉得如果不坚持下去，就可惜了这么多年的努力，所以一直跟中心领导一起劝她、安慰她，好在她后来也慢慢想通了，开始一根筋式的训练。无论国家队教练给她们安排什么训练任务，她都以一百二十分的状态去做，力争把每次训练都完成到一百分以上。"

2020 年初，中国赛艇队先后在 1 月 26 日大年初二和 2 月 23 日进行了队内测功仪 5000 米测试和测功仪 2000 米最大功测试，王宇微分别拉出了 17 分 24 秒 7 和 6 分 37 秒 2 的超级好成绩，包揽了女子公开组第一名。这项测试是一场代表着中国赛艇运动员个人绝对能力的测试，而王宇微的成绩不仅刷新了个人历史最好成绩，还超过了世界冠军模型标准。此时国家队又再次让王宇微回到四人双桨艇进行合练，但经过一段时间的配合，最终王宇微还是没能回到曾经奋斗过的四人艇。

从葡萄牙回国后，东京奥运会也宣布确认推迟一年，但王宇微却练得更努力了。在国家队内，每条艇都会通过竞争重新配艇，只有先在队内竞争中战胜队友，才能获得与队友并肩、战胜对手的机会。实力说明一切，上艇比的就是能力。此次八人艇选拔，据红网体育记者了解，除女子四人双桨的四位运动员外，其他所有运动员参与选拔，成绩说明一切，王宇微以队内第一的成绩被选拔进入八人艇项目，这也是对她一直以来的坚持最好的肯定。

王国初说起王宇微，只有四个字的评价，就是"一直坚持"。在他看来，这个从小看着长大的小姑娘，有着一股子不服输的韧劲，也有着一条路走到底的决心。

坚持让这个单纯善良的女孩变得强大，让她熬过了自我怀疑的艰难时光，让她在拼尽最后一丝力气站上领奖台后能开心大笑，让她能在懵懵懂懂来到湖南后的第 17 年里创造属于自己的辉煌时刻，照亮未来的路。

# 新化姑娘黄瑰芬，飞跃东京！

湖南红网新媒体集团　周雨墨

北京时间 8 月 6 日晚 9 点 30 分，2020 东京奥运会田径女子 4×100 米接力决赛在东京新国立竞技场进行，湖南娄底新化姑娘黄瑰芬依旧在第三棒登场，最终都扎起双丸子头的中国姑娘们以 42 秒 71 获得了第六名，再次刷新了赛季最好成绩。

这是黄瑰芬首登奥运赛场，也是中国女子 4×100 米接力队时隔 21 年再次站在奥运会决赛跑道上。比赛结束，黄瑰芬与队员们相拥在赛道上，举起了中国国旗。

这个在田径赛道上奔跑了 12 年的 24 岁运动员，终于站在了奥运会的决赛赛场。作为第三棒出场的黄瑰芬，交接棒的转接、衔接都做得很平顺，处在最外道的她也顶住了压力，发挥出了训练中的水平。

## 为奥运会放弃主项

8 月 5 日上午 2020 东京奥运会田径女子 4×100 米接力预赛中，由梁小静、葛曼棋、黄瑰芬、韦永丽组成的中国队跑出 42 秒 82，排名小组第三，顺利晋级决赛。四人当中，只有黄瑰芬是第一次出现在奥运会赛场，也只有她没有参加此前女子 100 米的比赛。赛后，在大家纷纷庆祝中国队时隔 21 年再次挺进决赛时，也有人在疑惑黄瑰芬是谁。

出生于 1997 年的黄瑰芬在 2009 年参加娄底市中小学生运动会被选入娄底市体校学习，2011 年被输送到湖南省田径队，2013 年南京亚青赛成为 200 米和 400 米双料冠军，2015 年首届全国青运会获得 400 米和 4×400 米接力金牌，2016年获得韩国亚锦赛4×400米接力金牌，并代表中国参加世锦赛，2017年成为第十三届全运会三冠王。黄瑰芬从一个有天赋的小姑娘一步步成为湖南省最有发展潜力的短跑运动员，但她却是湖南16名出征东京奥运会选手中最后一个获得参赛名额。"在6月11日的奥运会选拔赛结束后，我们才真正获得了前往东京的资格。"黄瑰芬的省队教练向赤蓉告诉红网体育记者，"只有获得全国前6名的运动员，才得以出征东京。"在那场比赛中，黄瑰芬预赛和决赛中分别跑出了11秒49和11秒44的成绩，均列第三。

可其实在此之前，黄瑰芬的主项是中短距离跑，即200米和400米。在2017年天津全运会上，在200米决赛中她最后10米反超江苏名将袁琦琦，以23秒24的成绩夺冠，此前复赛中她更是跑出23秒07，达到国际健将级水平。赛后，黄瑰芬接受媒体采访时说自己未来一年的目标是200米跑进23秒，超过教练向赤蓉22秒92的成绩。不过生活总是有些意外，进入国家队后，为了配合国家队4×100米接力备战东京奥运会，根据教练组的协商，黄瑰芬逐渐放弃200米和400米的训练，开始主攻100米。

刚刚转项时，看着自己400米的成绩停滞不前，100米的成绩短时间内又难以提高，黄瑰芬也有过短暂的迷茫，但她很快适应了国家队的训练，也调整好了自己的心态。向赤蓉表示："黄瑰芬虽然年纪不大，但是心态一直很好很平稳。在我们还未取得奥运会资格前，她也没有很焦虑，一直在尽全力地去准备接下来的每一场比赛。"

获得奥运资格后，在6月25日至26日的全国锦标赛中，黄瑰芬在预赛中与梁小静、葛曼棋、李玉婷一同出战，跑出了42秒80的不错成绩，排名赛季亚洲第一位、世界第七位；决赛中她与梁小静、韦永丽、李贺组成新阵容参赛，但期间出现了两次交接不顺畅，最终跑出了44秒35。随后在7月9日开赛的2021年田径邀请赛上，由梁小静、葛曼棋、黄瑰芬和韦永丽组成的国家队阵容先后在预赛和决赛中跑出了 43 秒 48 和 43 秒 20。

经过国内赛场上的一次次磨合，最终在奥运赛场，中国姑娘们没有再让意外发生。

## 用事实证明实力

通过比赛直播镜头，可以看到黄瑰芬腰部明显的肌贴，红网体育记者也从省田径队了解到，黄瑰芬由于严重的腰椎间盘突出在 2020 年 8 月左右就从国家队暂时回归省队进行训练，其间由于国家队军训等安排训练稍有暂停外，10 月开始整个冬训的前 3 个月时间，她都以体能训练和恢复训练为主，直到 2021 年 2 月伤情逐渐稳定后，4 月底左右她才正式回归国家队的集训，参与团队合练。

向赤蓉告诉记者："黄瑰芬看起来笑眼弯弯很可爱，但其实很坚强。腰伤恢复的过程其实很艰难，其中的伤痛程度也是很难忍受的，不过她一直在咬牙坚持。训练时，可能每跑两趟，她就需要停下来做两次康复。"靠着想要站上东京奥运赛场的信念，黄瑰芬在恢复过程中每个月都在进步。"她就是一个自己要求很高的女孩，在训练中从来不将就，每一枪都是拼尽了全力。"向赤蓉说起爱徒又心疼又自豪。

2017年全运会200米夺冠后，站在冠军领奖台上，黄瑰芬拉着向赤蓉朝着镜头比了个爱心。这个在镜头前永远笑容甜美，看起来开朗又大方的女孩，在向赤蓉的眼中却是十分文静又内敛的，她说："黄瑰芬不喜欢张扬。"

陕西全运会倒计时100天时，红网体育记者前往省人民体育场采访黄瑰芬，关掉摄影机后听到她悄悄跟教练说："这么早就接受采访，万一我全运会没比好怎么办？"向赤蓉安慰她，你要相信自己呀。2017年全运会前，黄瑰芬也曾担心满满，接受记者采访时说，"来之前我对自己并不太自信，觉得自己的200米、400米都一般般，不上不下。"可就是这样一个总是不太自信的姑娘，却在用努力一直证明着自己的实力，从天津全运会勇夺三冠再到东京奥运赛场上与队友携手创下赛季最佳战绩，她在用事实说话。

"黄瑰芬的大赛经验其实很欠缺。"向赤蓉表示，"东京奥运会前她参加的国际大赛并不算多，但是她是个很聪明的运动员，无论是训练还是比赛中，都会一直动脑子去琢磨，所以从入队开始成绩提升得就很快。"

从娄底市体校到省专业队，从新化县城到东京新国立竞技场，对于黄瑰芬来说，最快的脚步不是冲刺那一刻，而是一直以来的坚持。

# 湖南女水"四金花"：
# 她们有的可不仅是颜值

湖南红网新媒体集团　符洹雨

8月7日上午，东京辰巳国际游泳场水球中心，东京奥运会女子水球项目7至8名排名赛中，中国女子水球队7比16不敌加拿大队，从而以第8名的成绩结束了东京奥运会的征途。

在中国女水此次奥运之旅中，湖南女子水球队为国家队输送了四名队员，分别是来自岳阳的熊敦瀚、彭林，永州的翟颖和邵阳的邓泽文。整届赛事，湖南"四金花"均上场比赛，且表现出色，多次为中国女水打入关键进球，取得了多场关键胜利。

## 熊敦瀚：不只有颜值，更有勇敢的心

早在东京奥运会开幕之前，作为中国女水队长的熊敦瀚便因其出众的颜值走红，高挑的身材、秀丽的长相，在被网友称为"史上平均颜值最高的中国奥运代表团"当中也毫不逊色。

事实上，熊敦瀚不仅只有颜值，她和其他的队友一样，还有另一份潜质，那便是坚韧。通过比赛的转播，人们看到了完全不一样的熊敦瀚——作为队长，她是球队的领袖；作为中锋，她是球队破门的利刃。比赛中的她，充满着对胜利的无限渴望。

在与匈牙利队的比赛中，熊敦瀚在拼抢中遭遇肩伤困扰。1/4决赛对战西班牙队，熊敦瀚打了止痛针带伤上阵，替补登场13分37秒，贡献了1粒进球，尽管中国女水7比11最终惜败，但对于展现出自己勇敢的熊敦瀚而言，这样的结果没有遗憾。

"我们同欧洲强队有差距，但差距也没有想象中的那么大，关键还在技术的提高和经验的积累上。"熊敦瀚在接受采访时介绍了本届比赛的感悟，相比于里约奥运会时还是青年队员的自己，如今的熊敦瀚以球队领袖的身份征战了全部比赛。"对于国家队，我是心怀感激的，队友对我的支持毫无保留，让作为中锋的我获得了更多射门机会，也让我得到了成长。"

熊敦瀚的水球之路还很漫长，作为球队的领袖，她说自己将加倍努力，承担起作为队长的责任。"我记得中国女水最好的成绩是北京和伦敦的第5名，我希望在自己的职业生涯中，能够让球队的名次更进一步。"熊敦瀚说。

### 彭林：曾经的旱鸭子，如今的门神

与熊敦瀚一同来自岳阳的，还有中国女水的门将彭林。本届赛事，彭林出战两场，特别是在同东道主日本队的比赛中多次高接低挡，化解了对手极具威胁的射门，为中国女水的胜利奠定了坚实基础。

1995年出生的彭林，是湖南"四金花"中最年长的一位，身高1米85，体重69公斤，这样的身板跟普通身材的男生站一块也能整整高出人家一个头。

在接受采访时，彭林透露了一个秘密——"其实在接触水球之前，我是个'旱鸭子'。"她说，一开始自己练游泳都不会，但由于身高出众被选拔为了打水球的苗子。抱着试一试的心态，彭林参加了湖南女子水球的三天集训。

随着对水球了解的深入，彭林逐渐爱上了这一项运动，后来，在选择位置角色的时候，教练考虑其不错的身高、敏捷的反应力以及较为优秀的踩水能力，决定将彭林培养为水球守门员。从此，这个不会游泳的"旱鸭子"实现了成为女水"门神"的转变。

作为国家队的老将，彭林经历了两届奥运会，并在 2018 年雅加达亚运会上随队五战全胜登顶亚洲之巅。彭林说，自己依旧对胜利充满渴望，3 年后的巴黎奥运会将是自己接下来的方向。

### 邓泽文、翟颖：承上启下的 4.5 号位

习惯看足球比赛的球迷，在观看了水球比赛后，不难发现两者之间存在共同特点——都有球门和守门员，也都讲究由前锋、中场、后卫组成的阵型战术。不过，水球仍有自己的特色，那便是 4.5 号位。

所谓 4.5 号位，指的是"阵地进攻顺手位的腰和底"，也就是说，4.5 号位既要担任防守的组织者，也要成为进攻的发起者，在比赛中起到承上启下的作用。在出征东京女水项目的湖南"四金花"中，邓泽文和翟颖恰恰扮演的正是这样的角色。

不同于有过里约奥运会大赛经历的熊敦瀚和彭林，东京奥运会是邓泽文和翟颖的首届奥运会。尽管是初战奥运，但在比赛中邓泽文和翟颖的表现，更像两位久历战阵的老将。尤其是邓泽文贡献了 8 粒进球的成绩单，在队内射手榜中仅次于队友王歆艳的 10 粒进球；全攻全守的翟颖，不仅贡献了 3 粒进球，也多次运用扎实的防守技术让对手最终哑火。

位于永州江华瑶族自治县沱江镇竹园寨村的翟颖老家，家人们在比赛期间一同看球，为国家队更为自己的女儿摇旗呐喊。翟爸爸介绍，女儿在小时候便长得高大，性格像男孩，活泼好动。以前调皮捣蛋的事情没少搞过，不管是上树掏鸟、下河摸鱼、追跑打闹，都样样少不了她，"看到女儿能够为国出战，我们全家人都感到自豪。希望她未来的运动员事业能够越来越好，我们家人都会全力以赴地支持她。"

在邵阳洞口县黄桥镇，邓泽文的妈妈曾经对女儿选择成为运动员心存担忧，"当运动员太辛苦了，而且将来能有出息吗？"好在有体育老师胡红兵积极做工作，让邓泽文的体育梦想得以实现。2010 年，邓泽文进入湖

南省水球队接受专业训练，并从 2013 年开始成为国家队的一员。伤病的困扰一度让邓泽文产生了退役的念头，母亲的鼓励给了邓泽文最大的支持。终于，邓泽文成功入选奥运名单，并在比赛中用出色表现成为中国女水的得分利刃。

## 省队：为中国女水贡献湖南力量

东京奥运会，湖南队为国家队输送了 4 位球员，这一数字仅次于人数最多的上海队。除了熊敦瀚、彭林、翟颖和邓泽文，省队球员郭宁、何琛和黄嘉钰也拥有代表国家队参赛的实力。

可以说，从 2010 年成军至今不过 11 年的时间，湖南女子水球一步一个脚印，已经开始在国内赛场占据一席之地。

曾经在国家队和广东省队执教多年的蔡盛六，是目前湖南女子水球队的主教练。这位经常开玩笑说自己是"来湘外来务工人员"的"六叔"，将自己多年在中国水球圈的经验带给了湖南。

"湖南体育本身的基础不错，尤其游泳、体操等项目都涌现了不少人才，这说明湖南人是可以搞好体育的。在选拔和训练队员的过程中，我们主要注重水球运动员的身体形态、身高、臂展、柔韧性、灵活性、水感、球感、游泳速度和配合意识，在这几点方面，聪明、勇敢、坚毅是湖南运动员最大的特点，也说明了水球运动很适合湖南。"蔡盛六说。

据红网体育记者了解，在东京奥运会结束后，湖南"四金花"将继续留在国家队备战后续比赛，在陕西全运会期间，中国女水将以"奥运选拔队"名义，以一号种子的身份参赛。其他球员将继续代表省队参加全运会，此前的冬训期间，湖南女水通过"男陪女练"模式进行备战，让队员们提前适应了高强度的比赛节奏。

## 湖南女子水球队主要荣誉：

2018 年　全国女子水球锦标赛　冠军

2018 年　全国女子水球冠军联赛　冠军

2019 年　全国女子水球锦标赛　冠军

2020 年　全国女子水球锦标赛　冠军

2020 年　全国女子水球冠军赛　冠军

让爱国主义旗帜高高飘扬

# 从里约到东京，谌利军终于王者归来

湖南红网新媒体集团　周雨墨

北京时间7月25日晚，东京奥运会举重男子67公斤级比赛在东京国际论坛大厦举行，湖南益阳安化的举重运动员谌利军代表中国出战。随着谌利军在挺举第二把举起187公斤重量，最终以总成绩332公斤（抓举145公斤、挺举187公斤）夺冠，他让《义勇军进行曲》再次在东京奏响，这也是中国代表团在东京奥运会上的第六金，湖南体育健儿在东京赛场的第二金。

**一波三折逆转胜　谌利军的名字就是"胜利"**

抓举比赛开始，谌利军开把重量是145公斤，在较靠后位置出场，这一重量与他的抓举最好成绩仍有距离——这是一个相对稳妥的开把，谌利军轻松举起。

就在大家觉得放下一口气时，接下来的第二把谌利军选择了150公斤未能成功，第三把151公斤也未能举起。这下子，所有人的心一下子悬了，慌了。里约奥运会举重女子69公斤级冠军向艳梅告诉记者："后两把他举的时候，我太紧张了，我一会躲在桌子下面，一会爬出来又手冒冷汗。"

更让人紧张的是，韩国选手韩明茂和巴基斯坦选手塔利布抓举先后举起了147公斤，塔利布第三把抓起了150公斤，而谌利军最大的竞争对手哥伦比亚运动员莫斯克拉更是首把148公斤轻松成功，第三把151公斤也成功举起。

如此一来，抓举比赛结束后，谌利军仅仅排名第四，落后排名第一的莫斯克拉 6 公斤。

6 公斤！用谌利军省队教练王小文的话说，他都觉得难，只敢想夺金成功率 50%。谌利军要在挺举中超越对手 7 公斤才能将金牌收入囊中。

挺举比赛，谌利军的报名重量是 178 公斤，而莫斯克拉为 175 公斤。比赛开始后，谌利军稳扎稳打，改为 175 公斤开把，成功举起，随后莫斯克拉也轻松举起了这一重量。第二把，谌利军直接报到 185 公斤，这几近他的最好成绩，也迫使莫斯克拉不得不先进行第二把试举 180 公斤，这是莫斯克拉的历史最好成绩，但遗憾的是第二把试举他失败了。第三把，莫斯克拉继续试举 180 公斤，虽然上举成功，但裁判亮起了三盏红灯。此时，只要谌利军举起 185 公斤，就是冠军。不甘失败的莫斯克拉选择了申诉，仲裁委员会在商议过后改判了结果，莫斯克拉挺举 180 公斤成功。

落在谌利军身上的压力更大了，他将重量直接升为 187 公斤——这是他对于这枚金牌的渴望！接下来两次试举，只要成功一次，冠军就不会旁落。

就在谌利军走上赛台的同时，仲裁委会员再次改判莫斯克拉失败，谌利军不受场下影响，一鼓作气将杠铃稳稳举起！这枚金牌，来之不易却又实至名归！他用实力证明，他就是这一级别的世界王者！

### 从云端到山谷　天津全运会证明自己

2013 年辽宁全运会，是谌利军第一次参加全运会，当时他被看作"五号"种子选手，因为男子 62 公斤级这个级别那年高手如云。赛前教练组给他的目标是，发挥正常训练水平争取进入前三名。结果年纪轻轻的谌利军在老将们接连失误时，顶住了压力以抓举 145 公斤、挺举 176 公斤、总成绩 321 公斤的成绩，力压伦敦奥运名将、福建选手张杰，获得了金牌，也开启了自己一帆风顺的夺冠之路。同年世锦赛上，他以 321 公斤的成绩再收获一个世界冠军。

2014 年他进入国家队，2015 年，谌利军和龙清泉一起被划到了总教练于杰的组里训练，在这个冠军如云的组里，还有奥运冠军廖辉。在 2015 年世锦赛上，谌利军打破了挺举和总成绩世界纪录，夺 2 金 1 银。此时他的竞技水平，无论是在国内还是国际上都遥遥领先。

"可以说从 2013 年开始，一直到里约奥运会前，谌利军都很顺利。"从 2006 年开始执教谌利军的省队教练王小文告诉红网体育记者，"直到里约奥运会前，由于他的竞争对手、朝鲜选手金恩国没有参赛，我们都觉得他这块奥运金牌'稳'了。"

但意外却发生了。赛前，谌利军降重了 4 公斤多，在候场区时他出现了抽筋的情况，无奈退赛。走出赛场，这个当时才 24 岁的男孩，一瘸一拐地进入混合采访区，面对央视的镜头连说了三个"对不起"。

从 2006 年开始由运动员转教练的王小文，带的第一个运动员就是谌利军，两人一路相互扶持一路披荆斩棘，而这一次失利对两人来说都是非常大的打击。"他 2015 年连破两项世界纪录，到 2016 年也是他的竞技高峰时期，这个意外像是给了我们当头一棒。"王小文再去回忆五年前时，有些恍惚。他告诉记者，其实里约奥运会后，无论是他还是谌利军都很少再去谈起当时，但他也清晰地记得，自己在赛后连续几晚的失眠，记得谌利军原本就安静内向的性格变得更加少言寡语。

当记者问起这段经历时，王小文陷入了长时间的沉思，仿佛情绪和话语都在嘴边，却又都卡在喉咙深处。沉默了几分钟后，他说道："其实当时退赛后，我们两人都一度非常消极，因为四年的努力全部付诸东流。低迷的状态持续了两三个月，直到备战天津全运会近在眼前的时候。"

经过教练团队不断地开导和疏解，谌利军收拾起心情，开始恢复训练，备战2017年天津全运会。在2017年9月2日晚结束的全运会男子62公斤级比赛中，他以抓举148公斤、挺举173公斤、总成绩321公斤夺得冠军，成功卫冕。赛后，在接受红网体育记者采访时，他也终于笑了出来："全运会能够拿到金牌卫冕成功，我还是特别开心的，一方面在里约奥运会后我终于证明了自己，我仍然是这个级别国内最强的运动员，另一方面，也奠定了我冲击东京奥运会的决心。"一直以来孝顺的他还表示："我更想告诉我妈妈，因为里约奥运会我比得不好，让妈妈为我担忧，现在我可以说，我依然很棒。"

王小文也表示，天津全运会夺冠后，谌利军才真正地重拾信心，开始慢慢走出里约奥运会的阴影。

### 肌腱撕裂心灰意冷　半年时间重回世界之巅

重拾自信的谌利军，竞技状态也开始逐渐回温。2018年世界举联进行了级别改制，原本是62公斤级的谌利军需要"升级"打67公斤级，如此一来虽然他没有了降重的压力，但是却要面临由原本69公斤级选手降级后的冲击。在举重项目中，每两个级别中的差距是显著的，高级别选手的成绩是带有优势的。

对于谌利军来说，体重"升级"意味着成绩也要相对应地大幅度提高。2018年世锦赛，是级别改制后的第一次世界大赛，面对朝鲜选手朴正洙带来的压力，他依旧以182公斤和332公斤获得挺举和总成绩双冠，其中332公斤的总成绩还创造了该项目新世界纪录，此外他还以150公斤获得抓举亚军。又一次向世界宣告，王者归来。

"2018年夺冠后，谌利军2019年的状态不太好。"王小文表示，"按照备战2020东京奥运会周期的规划，2018年是扎实基础、提高厚度，2019年是弥补薄弱的地方，所以原本2019年的目标就是补短板而不是冲成绩。但是2019年谌利军随着年龄的增加，小伤小病基本上没断过，我们只能在进行恢复和治疗的基础上进行训练，大概保持住了世界前三的水平。"2019年世锦赛上，谌利军虽然挺举和抓举都是亚军，但最终以337

公斤获得份量最重的总成绩冠军。2019 年年末的世界杯上，谌利军在自己的强项挺举比赛中两次试举 180 公斤失败，最终以 320 公斤获得总成绩亚军。

2020 年，熬过了艰难的 2019 年后，谌利军的竞技水平再次回到了一个相对高度，但奥运会却由于疫情推迟了。未来再一次被未知数笼罩，谌利军的训练状态也出现了小幅度的回落。2020 年 10 月，一整年没有进行过正式比赛的谌利军，参加了在江山举行的全国锦标赛。面对福建小将黄闵豪的冲击和紧逼，挺举比赛中，谌利军以 176 公斤成功开把，为了拿到冠军，他第二把选择了 181 公斤。但就是这一把，让他右侧肘关节肌腱撕裂加断裂。

"这对于他来说是毁灭性的打击，东京奥运就在眼前，却受了这么大的伤。"湖南省举重运动管理中心主任何国回忆，"手术后他手臂上的伤，有将近十公分。"此时，距离 2021 年亚锦赛只有不到半年时间。根据国际举联的规定，只有参加此次亚锦赛，才能最终获得东京奥运会的参赛资格。

半年时间，谌利军要完成手术、术后恢复以及专项竞技能力的恢复。时间太短，这一次受伤，几乎让所有人都不看好他，他自己也有些心灰意冷了。

但奥运会是每一个职业运动员永远的追求，登上最高领奖台也是他们一直以来的梦想。五年前无奈告别，难道五年后又要再一次放弃吗？谌利军放不下。

术后一个月，他回到了训练房。在伤病治疗恢复期间，谌利军的手臂无法下压做翻铃的动作，也无法屈肘。每动一下，都十分痛苦。"恢复训练对于他来说非常重要，同时挑战也很大。虽然他也会说丧气话，但在训练过程中表现出来的都很积极。"王小文告诉记者。就这样子，谌利军直到亚锦赛前，伤病才恢复了百分之九十左右。同时也由于受伤，他无法进行大强度训练，手臂的支撑力量训练也很少能进行。

亚锦赛上，谌利军展现了超强的意志力，没有人知道他在此之前经历了怎样的手术，又度过了多么困难的恢复时光。比赛开始后，另一名中国选手黄闵豪也发挥神勇，他在抓举中领先谌利军，在挺举中也超水平发挥，举出了超过平时最佳成绩的 177 公斤。东京奥运会就在眼前了，即便状态不佳，但谌利军已经被逼到了悬崖边，他在挺举第三把试举中，举起了 180 公斤的重量，以 1 公斤的优势拿到了总成绩冠军。一扫 2020 年全锦赛的阴霾，在东京奥运会前重回世界之巅。

王小文表示："从亚锦赛之后，直到现在，谌利军整体状态都比较平稳。但其实马上就要而立的他，也不得不面对年龄带来的竞技状态下滑，能在受伤情况下还保持住几近巅峰期的状态，实属不易。"

当金牌挂在脖子上，当国歌奏响，当五星红旗冉冉升起，几千个日日夜夜的坚持，这个来之不易的冠军背后的辛酸苦辣，无言叙说。青春气贯长虹，勇锐盖过怯弱，"奋斗"两字似乎已经被写入"体育湘军"的骨髓，跌倒之后也必定会有登顶之日。

# 张亮：20年，努力了玩命了，没有遗憾

湖南红网新媒体集团　周雨墨

2018年亚运会夺冠，2019全面爆发接连获得世界杯和世锦赛冠军，2020年打破有滑轨测功仪马拉松世界纪录，2021年再夺世界杯一冠。虽然已经是30+的老将，但湖南赛艇运动员张亮好像迎来了自己的事业高峰期，也作为中国赛艇的领军人物而被越来越多人熟知。

人们开始对他充满期待，期待着他能在奥运会上再次创造历史。而这何尝不是张亮20多年来的信仰与追求呢？2020东京奥运会宣布推迟后张亮曾说："很多跟我一样年龄的运动员好像因为疫情都退役了，可能是因为他们拿过金牌了。而我没有。"

终于，在东京，张亮如愿站上了领奖台。

7月28日，在2020东京奥运会赛艇男子双人双桨2000米比赛中，张亮与搭档刘治宇获得铜牌，这是中国男子赛艇在奥运会上创造的最好成绩。而9年前的伦敦奥运会上，也是张亮，获得赛艇男子单人双桨500米第十一名，创造了中国男子赛艇单人项目在奥运会上的最好成绩。

虽不是冠军，可张亮再一次创造了属于中国赛艇的奇迹。在强手如云的男子赛艇领域，他成为了第一个打破欧美"垄断"站上领奖台的中国人。

## 一块来之不易的奖牌

7月28日的比赛，张亮和刘治宇处在第二道出发，两边分别是本次比赛最大的对手法国队和荷兰队。

荷兰队一出发就抢占了第一的位置，"亮宇"组合紧随其后，法国队

也不相上下。前 500 米，中国队处在第三的位置，700 米左右张亮 / 刘治宇开始加速，赛程过半时，两人一度反超法国队到了第一的位置。随后荷兰队带起桨频开始加速，一度扩大了领先优势，后 500 米法国队开始发力加速反超，中国队死死咬住两边的对手，最终张亮 / 刘治宇以 6 分 03 秒 63 拿下铜牌。这是中国男子赛艇第一次在奥运会上获得奖牌，创造了新的历史。

张亮的比赛开始后，在丹东，湖南省赛艇队主教练宋良友掏出了手边的秒表，同步按下按键。他紧紧盯着电视屏幕，看着直播画面里张亮的每一次拉桨。

直到进入最后冲刺阶段，他的脸上才慢慢出现笑容。而坐在一旁的省队领队曲凤看起来紧张很多，她一直眉头紧锁。赛前她告诉记者："其实我们一直想着张亮能在奥运会上拿块牌就很好了，到昨天也不紧张，这程度都比不上全运会的时候。"

但随着比赛临近，当画面切到出发前的中国艇上时，曲凤还是开始紧张了。另一位省队教练王国初则全程举着手机，当张亮镜头出现时，当中国队暂时领先时，他都举着手机冲到电视前想要把这一刻记录下来。

宋良友赛后接受红网体育记者采访时说："这是一块来之不易又意义非凡的奖牌，在中国男子赛艇仍与世界水平有较大差距的今天，他能拿到这块奖牌，我代表湖南赛艇队都对他表示感谢，他也在身体力行地给后辈运动员们做着榜样。"但他仍觉得有些遗憾："感觉张亮在今天的比赛中，思想负担还是很大，有些没放开，没有充分展现他的实际水平。"

## 屡创历史

这枚奥运铜牌，是张亮从事赛艇 20 年来创造的又一历史。实际上，从他开始出现在国内赛场，他就一直在为湖南、为中国、为亚洲不断创造新历史。

2009 年第十一届全运会上，在日照奥林匹克公园的海水赛场，张亮搭档史志强如同劈波斩浪的"蛟龙"一般，以 7 分 7 秒 17 的成绩斩获男子双人双桨金牌，这是湖南赛艇队建队 24 年来收获的第一枚全运会金牌，随后他还为湖南斩获了男子单人双桨的金牌，时任省水上运动管理中心主任、现任湖南省体育局副局长龚旭红表示："这两枚金牌将使湖南水上运动产生'翻天覆地'的变化，也将改变湖南水上运动甚至是湖南体育的发展格局。"

2012 年伦敦奥运会上，张亮出战单人双桨比赛，获得第十一名，那也是截至目前中国男子赛艇在该项目上的最好成绩。2010 年、2014 年、2018 年，张亮连续三届亚运会封王，其中 2010 年广州亚运会和 2014 年仁川亚运会他都是男子双人双桨项目冠军。2018 年他参加了男子单人双桨比赛，最终以 7 分 25 秒 36 的成绩夺冠，为中国队时隔 16 年再夺亚运会该项目冠军。

2019 年开始，张亮进入了自己的全盛时期，2019 年赛艇世界杯保加利亚普罗夫迪夫站，张亮和刘治宇获得了中国赛艇历史上第一个男子公开级世界杯冠军。2019 年赛艇世界锦标赛男子双人双桨比赛他们再次问鼎，正是这场比赛他们赢得了东京奥运会入场券，这不仅是中国赛艇历史上第一个男子世锦赛冠军，也是中国队首次入围奥运会男子双人双桨比赛。

2020 年由于疫情，奥运会宣布推迟，张亮也有过情绪上的波动，也有过短暂的迷茫，但他还是及时调整了自己的心情。为了保持状态，他决定挑战有滑轨测功仪马拉松世界纪录。42 公里 195 米的距离，张亮仅用 2 小时 19 分 20 秒 7 就完成了，比同年龄段（30～39 岁年龄段）原纪录提高了 31 分钟多。赛前，张亮由于紧张有些失眠，但这没有影响他的状态。赛后张亮表示："最后六公里是最考验意志品质的时候，就看自己能不能坚定地完成比赛。"顺利完成比赛的他，用这种方式证明想要在奥运赛场升起五星红旗的决心。

而他也真正做到了！在东京奥运会的赛场上，他再一次创造了属于他也属于中国赛艇的新历史，也让五星红旗飘扬在了日本海之森竞技场。

## 硬汉也会流泪

张亮一直以来最让人信服的，是他用无尽的努力弥补了年龄增加带来的状态下滑，一直以来他在国家队内无论是体能还是竞技状态都毫无疑问排在第一。他说："我年龄最大，想要运动指标不输年轻人，就必须要付出更多，要十年如一日的训练。"张亮的搭档刘治宇也说："没有人比他能练，他就是绝对的第一。"

说到做到，国家队每天的体能训练和课程安排已是满满当当，可张亮还会给自己加练。早上四点他就会起床，一个人搬着单人艇下水，划个六公里或八公里左右再回去，然后等七点半跟队友一起开启真正的一天。中午，也许大部分人都午休了，他会去到训练房，踩上一小时自行车，滴下的汗水在脚底汇聚。"我不想轻易地浪费时间，这样子训练会很累但是也很踏实。"张亮表示。

在国家赛艇队技术指导雷德格雷夫的眼中，张亮是一个拥有强大精神力量的人，也是训练最努力的运动员，他说："只要张亮想做什么，就会做得很完美。"

张亮常说，训练累点，比赛更轻松。2020年全国锦标赛，张亮和刘治宇毫无悬念地获得了男子双人双桨金牌。比完这一场，不过1小时，张亮还要参加单人双桨的比赛。面对媒体的镜头，刘治宇说："这强度，我缓不过来，亮哥可以。"也许不去查阅资料，很难有人想到，张亮比刘治宇大了7岁。最终在单人双桨的比赛中，张亮也战胜国家队队友拿下冠军。他说："既然我在国家队，代表国家，那我对自己的要求一定高。每一场实战都是考验。"

　　这样的张亮是女儿眼中的英雄。虽然因为长期封闭训练，张亮和远在常德家中的妻儿鲜少见面，但并不妨碍他在女儿心中英勇的形象。张亮的妻子曾经也是湖南赛艇队队员，因此即使她需要一个人操持全部家务，负责一双儿女的教育，她对丈夫依然很理解。她告诉记者，张亮是个一直以来都知道自己想要什么的人，家里的孩子也很像他，从小就知道自己想要什么、想做什么。

　　在很多人眼里，张亮拼命三郎式的训练方式看着有些"过了"，但张亮从来不管别人说什么，永远都是埋头练自己的。他说："20年里，多少人说我轴，但我自己知道我需要什么。"即使是在张亮15岁时就将他带来湖南进行赛艇训练的湖南省赛艇队教练宋良友也经常拿他没办法。宋良友回忆："有一次水上训练，其他队员都下课了，张亮还在水上划个不停。我就只好开着教练艇又回去下水催着张亮上岸。结果我到了岸边，一回头，这小子又溜回去划起来了。"

　　高强度训练让他经常累得失眠，也会因为过于疲惫而流泪。但张亮从来没有停下，他说："有时候哭出来是因为知道自己练得有多苦、有多枯燥，但当这些都变成了习惯，就知道不管多累都要完成。"

　　东京之旅已经结束，用张亮的话说，这20年里，他已经为梦想努力而努力了，玩命而玩命了，没有遗憾了。

# 安徽姑娘王春雨女子 800 米
# 获第 5 名创造历史

## 即使无牌，也无憾

市场星报社　江锐

8月3日晚，女子800米决赛中，安徽姑娘王春雨跑出1分57秒，获得第五名，创造了中国选手在该项目奥运历史上的最好成绩。此前，她在半决赛中以1分59秒14刷新了自己的个人最好成绩，在决赛中又提高了2秒。

"决赛我会全力去拼！我想拼个更好的名次！"在半决赛成功晋级后，王春雨给省体育局领导的微信中表示。半决赛的这个成绩，不仅刷新了她的个人最好成绩，也创造了中国选手首度晋级奥运会女子800米项目决赛的历史。

从王春雨奥运会达标的那一刻，她的目标就是进入奥运会前八、进入女子800米的决赛、跑到第三枪。"我做到了！虽然来的时候目标就是这个，但对我来说还是有点难的，我证明了自己。"王春雨表示。

尽管听起来轻松，但只有王春雨自己知道，完成这些"小目标"需要付出多少。"跑800米，就是要看自身的努力和付出有多少，不是随随便便就可以进决赛，不是随随便便就可以拿冠军。付出很重要，成绩足以证明我的付出。"

而在决赛前，王春雨也是信心满满："进入决赛，哪怕我走下来，我也是奥运会第八！很多人觉得我不可能，我没有希望。我想证明我是可以的，中国中长跑是可以的！"

比赛结束后，中国田径协会给安徽省体育局发来感谢信，信中称，热烈祝贺运动员王春雨个人历史最好成绩获得第五名，创造了中国田径在奥运会上新的历史！为祖国和人民赢得了荣誉，极大地鼓舞和振奋了中国田径界！中国田径队取得的优异成绩，离不开安徽省体育局对田径项目、尤其是女子800米项目重点队伍、重点运动员长期以来的大力支持和无私帮助。在此，谨向安徽省体育局及安徽省田径游泳运动管理中心、宿州市体育运动学校表示衷心的感谢！

# 中国奥运军团取得优异成绩
# 江苏体育健儿赛场绽放最美姿态

江苏省广播电视总台　毕然　龚俊杰

8月8日晚，历时17天的东京奥运会将圆满落下帷幕。连日来，在奥运赛场上，和所有选手们一道，江苏运动健儿奋勇争先、冲刺世界巅峰，生动诠释了永不放弃、勇于拼搏、团结奋斗的体育精神，点燃了无数人心中的奋斗激情和梦想之火。

经过17天紧张激烈的比赛，中国体育代表团共获得38金、32银、18铜，奖牌总数位列奖牌榜第二。这当中江苏体育健儿的表现可圈可点，在游泳、射击、体操、跆拳道等多个项目中均有出色表现，共斩获9枚奖牌，为中国奥运军团取得优异成绩作出了积极贡献。江苏16岁小将盛李豪以250.9环摘得男子10米气步枪银牌，"射落"本届奥运会江苏首枚奖牌；南通运动员孙炜带伤作战，为中国体操男团摘得铜牌立下"汗马功劳"；而带给大家最多惊喜的要属江苏徐州姑娘张雨霏，7月29日，她先后在女子200米蝶泳决赛和女子4×200米自由泳接力赛中夺冠，向世界证明了"中国力量"。

张雨霏说："自己三岁就跟着妈妈下水游泳了，一路走来，游泳彻底改变了我的人生。作为新时代运动员，我们在奥运赛场上用勇敢、坚强、责任和担当诠释着新时代体育精神，履行为国争光的历史使命。"

江苏素有体育大省之称，在竞技体育、全民健身等各项领域都取得了辉煌的成绩。2021年，江苏共派出37名运动员出征奥运，运动员人数为参加境外奥运会最多的一次。五年等待、自信赴约，面对这届不同寻常的奥林匹克盛会，江苏体育健儿们直面挑战、奋勇争先，为最高荣誉而战，用激情和汗水书写青春。

江苏运动员赵帅说："从上届的 58 公斤级别到这届的 68 公斤级别，对于我来说，又是一个全新的突破。在这里非常感谢我的教练、队友、家人，一直以来对我的支持，也希望自己能够为江苏体育贡献出自己的一份力量。"

江苏运动员尤浩说："只要努力就一定不会后悔，坚持也一定会成功，能够在奥运赛场上代表中国比赛，不留遗憾地发挥出了自己的水平，展现出了中国体操队的精神面貌和顽强拼搏的精神，是一件很让人自豪的事情。"

评论篇

# 为梦想拼搏　就是真英雄

人民日报　孙龙飞

能够走上东京奥运会的赛场，对于每个运动员来说，都是一段充满挑战的艰辛旅程。

国际奥委会主席巴赫说，奥运会的意义是让全世界相聚在一起。相聚，是为了让人们看到对梦想的坚持，让奥林匹克精神激励更多人。

奥运赛场，顶级较量，胜负往往只在毫厘之间。不论是否站上领奖台，也不论奖牌成色如何，拼搏，就是最动人的故事。女子100米蝶泳决赛，中国选手张雨霏拼尽全力拿到银牌，虽然略有遗憾，但她赛后微笑面对镜头，大喊一声"加油！"转身投入接下来的比赛准备中。"我可以输但不会轻易认输。这就是我的'闯海成功'。"豁达又执着，这就是运动员带给我们的感动和鼓舞。

年轻的射击选手王璐瑶，虽然没能在女子10米气步枪比赛中进入决赛，但她已积极调整心态，把目光投向三年后的巴黎奥运会。"我不会认输更不会低头。"在大赛中历练，在拼搏中成长。赛场没有常胜将军，但有永不放弃的拼搏意志，坚持梦想的奋斗姿态。所有这些故事，共同组成了奥林匹克运动熠熠生辉的精神底色。

跆拳道赛场，老将吴静钰在女子49公斤级比赛中没能走得更远。离开时，她坦然一笑，感谢比赛给她的馈赠。攀上过高峰，也跌落入低谷，四战奥运，每一次登上赛场都让她的人生变得更加完整。她说，自己夺得过两次奥运冠军，但最珍视的收获，还是不断挑战自我的勇气。她身上的那股韧性，那种自信，让我们明白了什么是热爱可抵岁月漫长。勇于面对挑战，敢于超越自我，这就是最有"含金量"的奋斗故事。

初出茅庐的少年，身经百战的老将，都在用自己的拼搏诠释对梦想的不懈追求与坚守。他们书写的赛场传奇，也将激励更多人不断创造新的奇迹。用出彩人生为祖国添彩！用昂扬志气为民族争气！

# 有一块金牌叫拼搏

人民日报　薛原

　　拿下女子 100 米蝶泳银牌后，张雨霏大喊一声"加油！"这是对自己的激励，也在传递一种乐观的情绪。泳池大战，名次要到小数点后两位才能决定。但这些年的拼搏付出，却不是奖牌的成色可以道尽。

　　"可以输，但不会轻易认输。一定要争一争。"泳池是张雨霏奋进的舞台，成功也不只用金牌来定义。拿出最佳的状态，拼出最好的自己，对梦想的执着和豁达的心态，在这样的话语间流露。

　　滑板项目首次进入奥运会，16 岁的广东小姑娘曾文蕙也登上心目中的最高舞台。从武术改练滑板不过 4 年时间，第六名的成绩让她看到不足，更看到希望。最初练滑板觉得"好玩"，随着难度提升，也曾哭过鼻子。"希望下一届能升国旗奏国歌"，如今的历练正是未来攀登的阶梯，小姑娘的目光已望向更远处。

　　这也是跆拳道老将吴静钰的第四届奥运会。虽然没能站上领奖台，但对她来说，站上赛场就是成功。有过两次奥运金牌的辉煌时刻，也有过退役再复出的艰难挑战。赛场上没有常胜将军，运动生涯总有起伏，但贯穿在其中的奋斗姿态，就是她与奥运一路同行，最有"含金量"的故事。

　　拼下一枚团体铜牌的体操男队也尽力了。林超攀赛后为自己的失误而难过，觉得对不起同伴。若非队友孙炜透露，大家还不知道林超攀是打着封闭带伤上阵的。队友肖若腾紧抿着嘴，一字一句地说，我们会继续加油。只要拼搏的志气仍在，希望就在。只要小伙子们还是拧成一股绳，就依然能继续昂首走上赛场，迎接下一个挑战。

奥运赛场，胜利和失败交织，喜悦与遗憾同在。要勇于超越自我，坦然面对得失，做把握命运的强者——这些优秀的运动员，用自己的赛场故事带给人们更多的感悟。

中国体育代表团中，无论初出茅庐的少年，还是身经百战的老将，无论是独自上场，还是团队拼搏，他们的身上，都闪耀着永不放弃、为梦想坚持、为祖国拼搏的豪情与信念。拼过就无悔，回望他们走上奥运赛场的每一步，都值得人们送上掌声和敬意。

梦想是金色的，只要注入了奋斗的汗水。最可贵的成功，是超越曾经的自己。

无论赛场内外，总有一块金牌叫拼搏。

# 拼搏成就梦想

## ——奥运风采辉映奋斗新时代系列之一

人民日报 薛原

虽然已告别东京奥运会赛场的风云，但中国选手带来的热度仍然在生活中延续。他们带领网友一起健身打卡，讲述自己的参赛感受和成长经历，分享生活中的小小乐趣。作为大众，特别是青少年心目中的榜样，拼搏成就梦想，中国体育健儿的身上，闪耀着青年人的活力，更映射着奋斗新时代的风采。

这一代运动员，为国争光是他们不变的传承、最深的动力。无论游泳选手张雨霏全力冲刺时的感受，"中国力量从心底燃起来了"；还是射击选手杨倩赛后表示，"金牌是送给祖国的最好礼物"，都是情感的自然流露。为祖国拼搏、为民族争气的志向，始终激励着他们在赛场上一往无前。刚刚开幕的东京残奥会上，中国选手首日亮相勇夺5金1银2铜，"不辜负祖国"，也是他们踏上赛场的豪迈誓言。

这一代运动员，成长中的印记与国家发展进步息息相关。运动员训练选拔机制不断优化，科医辅助系统不断提升，后勤保障工作不断完善，新时代为体育事业发展提供了更广阔的天地，为运动员追求梦想创造了更良好的条件。运动员成长模式的多样化，也得益于一个开放而充满活力的社会环境。首金得主杨倩、女篮队长邵婷等都来自高校校园，滑板、攀岩等项目选手的培养吸引了更多社会力量投入，这不但拓宽着后备人才的"蓄水池"，也为运动员成长提供了更多选择。

这一代运动员，是展示中国形象、中国文化的优秀代言人。领奖服设计中的唐装灵感，融入了精巧而自然的东方元素，衬托着健儿们挺拔的身姿，令人自豪；花样游泳队的参赛音乐《巾帼英雄》，以传统乐器琵琶作为主奏乐器，由古典名曲《十面埋伏》引入，向观众展示了大气深沉的"中国风"；艺术体操队也将敦煌舞蹈元素引入动作之中，在比赛中演绎了精彩的"敦煌飞天"。

这一代运动员，更乐于担当"体育大使"，将运动健身的理念传播给更多人。体育强国的基础在于群众体育，举重冠军石智勇录制视频，倡导"全民健身与奥运同行"。不久前发布的《全民健身计划（2021—2025年）》为实施健康中国战略和全民健身国家战略，加快体育强国建设进一步夯实基础。体育，正在成为青少年成长的"标配"，为人们的生活带来更多健康和快乐。

使命在肩、奋斗有我。健儿们在奥运赛场上勇于挑战，超越自我，迸发出中国力量。观众们从为奥运选手加油助威到亲身参与运动健身，从感叹运动员顽强的拼搏意志到受到激励为梦想而奋斗，奥林匹克精神和中华体育精神，也正由此不断发扬光大。

# 团队力量托举奥运辉煌

## ——奥运风采辉映奋斗新时代之二

人民日报 季芳

东京奥运会上，30 岁的跳水选手施廷懋两次登上最高领奖台，追平名将郭晶晶的纪录，连续两届获得奥运会女子 3 米板单人和双人的金牌。"我不是一个人在战斗"，团队的力量让她拥有坚持的动力和决心，可以无惧挑战、勇往直前。

奥运赛场，每个人的成功都来之不易，背靠着的是整个团队的凝聚力和战斗力。正如中国跳水协会主席周继红所说，中国跳水队团结一心，"梦之队"成了"拼之队"，才能保持领先位置。几代人、数十载的坚守，将领先的压力转化成动力，中国跳水队自创了陆上翻腾训练法，提高了训练效率，引领了世界潮流；队伍还探索出高效的人才培养和管理办法，发掘出年仅 14 岁的全红婵。每一枚宝贵奖牌、每一次精彩发挥的背后，不仅饱含运动员的刻苦与拼搏，也汇聚了队伍的心血与努力。

奋斗成就梦想，这一理念在团结协作中闪光，在拼搏进取中传承。"00后"射击选手张常鸿夺冠后最想对教练杜丽道声"辛苦"："她掏心掏肺地教，我全心全意地学"。中国射击队的"传帮带"，传递的不仅是技术和经验，还接力发扬光荣传统，这才让项目发展充满活力。东京奥运周期，中国射击队的选拔赛，全程模拟奥运会流程和氛围，想要入围就要拼尽全力；参赛阵容确定后，复合型团队为每名运动员提供包括体能、康复、心理等方面的全方位保障……

竞技体育的辉煌气象，来自每个人的奋斗舞台。教练团队、科医团队、后勤团队……这些幕后英雄形成合力，才成就了赛场佳绩。为了共同目标，全队拧成一股绳，不断鼓足前进的动力，而所有的创新、探索也将使队伍的发展长久受益。团队精神在赛场内外闪耀着光芒，也形成托举中国体育在新奥运周期继续前行的强大力量。

在巴黎奥运周期，那些看不到的日常拼搏，最终将决定赛场上的表现如何。心中有目标，身边有队友，沿着奋斗铺就的追梦路，中国体育期待写下新辉煌。

# 每一次突破都凝结着汗水

## ——奥运风采辉映奋斗新时代之三

人民日报　刘硕阳

举重选手石智勇在打破世界纪录后释放激情、射击选手杨倩在夺得首金后俏皮"比心"、轮椅击剑选手边静夺冠后主动帮助行动不便的对手退场……从奥运会到残奥会，中国运动员在赛场内外展现的拼搏进取的风采、自信大方的气质，令人难忘。

在赛场上做到最好的自己，这份底气源于实力的积累。赛场拼搏的每一分钟，都来自平时训练千百次的锤炼。能够站上奥运赛场，展现令人赞叹的高超技艺，离不开运动员坚持不懈的努力。

4 次站上奥运赛场的巩立姣，终于实现了夺金愿望。佳绩背后，是她多年如一日的刻苦训练。铅球这块 4 公斤重的"铁疙瘩"，巩立姣每天扔出的重量可以用吨计，一分付出，一分收获，每一次训练计划不折不扣地完成，才能攀上梦想的高峰。

乒乓球男队队长马龙，早已获得各项大赛冠军"大满贯"。用什么去面对年轻选手的挑战，他的答案就在日复一日的训练中：从宿舍到训练场这条路线走了多年，训练、恢复……每一个环节都认认真真。

苏炳添在东京奥运会上以 9 秒 83 的成绩刷新了男子 100 米亚洲纪录。每次站上跑道时，他拿着皮尺测量起跑器距离的细节已广为人知。成功的秘诀，就在无数这样的细节中，规律的作息、简单的生活，都是不断超越自我、创造佳绩的保障。

自律激发自强。出征残奥会的郭玲玲，自 2010 年开始练习举重，很长时间里，她都没有获得参加国际大赛的机会。但她没有放弃，而是以更高的标准严格要求自己，努力进取，终于在东京残奥会上夺得金牌。

竞技场上，从来没有轻轻松松的成功。每一枚奖牌、每一次突破的背后，都凝结着汗水、映射着奋斗。中国选手为什么受到人们热情的赞扬？在赛场上展现的高昂斗志、顽强作风、精湛技能，正是当代中国青年风采的写照，也在激励着更多青少年以奋斗去追求梦想。

# 开门办体育  拓宽蓄水池

## ——奥运风采辉映奋斗新时代之四

人民日报  范佳元

从整体来看，竞技体育人才的培养是一项系统工程。经过多年的摸索和实践，开门办体育的理念成为共识，并已产生积极的效果。

中国女篮表现出色，得益于北京体育大学男篮的长期陪练；滑板首次列入奥运会正式比赛项目，中国队便获得参赛资格，得益于国家体育总局社会体育指导中心主导构建的训练、赛事、商务一体化生态链；中国帆船帆板运动协会和上海企业合作，在诺卡拉项目上派出首支社企共建的队伍参赛。

调动社会力量办体育，拓宽后备人才培养"蓄水池"，不仅为我国竞技体育事业发展注入了新的活力，也是对体育和教育规律协同作用认识的深化。东京奥运会首金得主杨倩所在的清华大学射击队由清华大学与国家体育总局射击射箭运动管理中心共建；北京体育大学研究生冠军班的学生及校友在本届奥运会上共收获 22 枚奖牌，其中金牌 12 枚，并在多个项目上取得突破。

无论是体育部门为青少年全面发展助力，还是教育部门为运动员成长提供更多选择，适应经济社会发展的体教融合体系正逐步搭建起来，全面推动着体育事业的发展。

在原体育系统三级训练网的基础上，全面对接学校体育，充分动员社会力量，很多体育幼苗在基层茁壮成长，跳水运动员全红婵、女子 800 米选手王春雨在奥运赛场创造佳绩的背后，折射的是基层教练的默默耕耘。射击教练杜丽、帆板教练周元国、自行车教练高亚辉等一批年轻教练也在带队征战奥运大赛的过程中得到历练。

　　构建开放包容、富有活力的人才培养体系，是中国竞技体育可持续发展的根基，也是加快建设体育强国的重要举措。

# 推动项目普及　助力全民健身

## ——奥运风采辉映奋斗新时代之五

人民日报　郑轶

东京奥运会上，中国运动员顽强拼搏、奋勇争先，取得 38 金 32 银 18 铜的优异成绩。而今，这份荣耀正由出征残奥会的中国选手续写。同一片赛场，不变的升国旗、奏国歌，一次次激荡亿万观众的热情。

14 岁跳水小将全红婵三跳满分引发热议、短跑选手苏炳添闯入男子百米决赛在朋友圈刷屏、残奥会中国游泳队 3 次包揽金银铜牌冲上热搜……尽管绝大多数奥运赛场没有观众，但网络上的奥运热潮持续澎湃，映照着奋斗成就梦想的光彩。

每一枚金牌都来之不易，而比金牌更宝贵的是"不以胜负论英雄"的观赛氛围。乒乓球混双冲击金牌失利，刘诗雯赛后落泪惹得网友心疼不已；中国女排没能小组出线，满屏皆是"输了一起扛"的鼓励话语；铁人三项选手王家超虽然没有登上残奥会领奖台，却收获网友对他挑战自我的热情点赞。为每一次拼搏与突破喝彩，对失利和挫折更加包容，折射出大众观赛心理的成熟。

奥运赛场不只有运动技能的较量，也是运动员展示风采的平台。新一代中国运动员，自信地走上赛场，从容地面对挑战，率真地表达个性。游泳选手汪顺夺冠后在泳池边向竞争对手致意，体操运动员肖若腾赛后大方祝贺对手夺金，都是中国运动员新风采的生动诠释。

广大观众对运动员的由衷认同，观赏奥运比赛的多元视角，彰显理性、健康的体育理念。通过新媒体平台，很多网友自发为运动员绘制肖像漫画，跟随奥运选手学习健身知识，这种互动为体育走进人们生活创造了新的契机。

奥运选手展现新时代青年人的气质，传递出满满的正能量。让"奥运效应"发挥持久影响力，转化为全民健身的动力，既依托于项目的推广，更有赖于"从娃娃抓起"的体育发展思路。珍视大众的奥运热情，借助体育进校园、进社区等多种手段，用百姓喜闻乐见的方式推动项目普及，将为进一步促进体育强国建设助力。

# 这是青春的模样！

新华社　卢羽晨

　　杨倩、管晨辰、李雯雯、全红婵……当中国队"00后"纷纷登上东京奥运会最高领奖台时，人们惊喜地看到，更加个性化的一代中国健儿，在追逐梦想的过程中拥有了更加自我的表达：小黄鸭发卡、辰式亲亲、雯雯比心……就连那些"凡尔赛"语录都让人忍不住会心一笑：这是青春的模样！

　　巩立姣、吴静钰、庞伟、董栋等，还有更多的其他运动员，他们已经多次出现在奥运赛场。和"00后"相比，他们是当之无愧的前辈。但是他们在赛场上展现出的顽强斗志，依然让人们看到青春的风采。他们，和"00后"一道，在赛场内外，展示出梦想的力量！

　　人们喜爱奥运冠军，人们又不单单只喜欢奥运冠军。体育的迷人之处，是那熊熊燃烧的斗志，是那拼搏努力的坚持，是那敢于挑战的勇气，是那智慧闪烁的灵魂，是那善良美好的人性。

　　赛场外，苏炳添在备战期间的博士论文研究短跑，吴静钰跆拳道培训馆日渐壮大，"生意达人"巩立姣开过干洗店、奶茶店、甜品店、海鲜店、健身房……他们不仅拥有奥运冠军的光环，更加拥有充满烟火气的人生。

　　从更宏大的角度来看，现如今的奥林匹克格言也向着更加凝聚人心的方向迈进：更快、更高、更强——更团结。对于运动健儿来说，冠军的定义绝不仅局限于小小的领奖台。奥运舞台，不仅较量运动实力，更展示综合能力。说到底，奥运会原本的意义就不止于竞技，而是有更加深远的现实意义。

体育的内涵和价值，绝不仅是竞技而已。新时代的中国体育，承载着国家强盛、民族振兴的梦想。《体育强国建设纲要》指出，要坚持以人为本、改革创新、依法治体、协同联动。到 2050 年，全面建成社会主义现代化体育强国。人民身体素养和健康水平、体育综合实力和国际影响力居于世界前列，体育成为中华民族伟大复兴的标志性事业。

在以人为本的前提下，清楚掌握赛事规则、科学制定训练方案、关切队伍心理健康和思想建设、捍卫运动员全面发展的权利、持续提升体育人口基数助力健康中国建设、建立中国特色现代化竞赛体系、提升中国体育国际影响力……

这一系列任务，也意味着中国体育建设者们肩负了更高更紧迫的时代要求，同时也要以更加积极主动的责任感和使命感，交出一份不负韶华的历史答卷。

# 江红视点：
# 山还是那座山，梁已不是那道梁

新华社　江红

举世瞩目的东京奥运会安全圆满落幕了。中国队以平境外参赛历史最佳的 38 金列金牌榜第二，美国队以 39 金居榜首，东道主日本队以 27 金位列第三。巧合的是，奥运金牌榜列前三位的国家恰好也是 GDP 世界排行榜前三名。

其实这也不能算是纯粹的巧合，奥运奖牌榜和 GDP 的关系很早就有经济学家注意并研究过，二者之间的确有某种高度正向关联。从本届奥运会来看，进入奖牌榜前 15 的国家，有 12 个也是 GDP 世界排名前 15。

奥运会 125 年历史上首次出现奖牌榜前三中有两个亚洲国家的现象。这虽然有日本作为东道主的因素，但本届奥运亚洲国家和地区的总体表现令人欣喜，有不少国家和地区都实现了自己的历史突破。据初步统计，本届奥运金牌榜上共有 15 个亚洲国家和地区登榜，奖牌榜单上更是出现了 27 个亚洲国家和地区的名字。亚洲选手所获金牌总数为 91 枚，在金牌榜上占比约 28%。而在 2000 年的悉尼奥运会上，亚洲选手获得金牌 54 枚，占比不足 18%，奖牌占比则更低。再往前的奥运会，亚洲国家连参与的都很少，"金榜题名"的更是凤毛麟角。

进入 21 世纪以来，这个蓝色的星球上发生了很多重要的变化，其中最重要的一个无疑是以中国为代表的亚洲国家在全球经济版图上的崛起。世界经济中心向亚洲转移已成为一个不可逆的过程，据世界银行 2017 年的数据，亚洲 GDP 占全球比重已上升为 33.84%，而奥运奖牌榜单的变化正是这种上升趋势的一个缩影。最近 5 年连续三届冬季和夏季奥运会在亚洲举行，更是亚洲经济活力和社会发展的一种体现。

竞技体育运动无疑是件非常烧钱的事情，收获每一枚金牌投入的成本都价格不菲。而随着亚洲经济的崛起，越来越多的亚洲国家和地区具有了参与和发展竞技体育的实力。在未来几十年中，亚洲选手在奥运舞台上分享越来越多的金牌和掌声应该是大概率事件。

在奥运会这个世界大舞台上，拉美和非洲国家的选手也正在逐步实现自己的历史突破，使得奥运金牌和奖牌的分布更加广泛、多元。东京奥运会共有 65 个代表团获得金牌，93 个代表团获得奖牌。从金牌分布比例来看，欧洲选手共获得 141 金，占比约 41%（悉尼奥运会时这一数据高达 53%）；亚洲选手占比约 28%，美洲选手获 68 金，占比约 20%，大洋洲和非洲分别占比 7% 和 2%（非洲还需加油）。从数据上看，虽然欧洲仍占据了 4 成以上的金牌，但亚洲和拉美的崛起，使得奥运金牌过去分布严重不平衡的局面得到了改善。

奥运金牌版图的格局在一点点地发生改变，奥林匹克运动的使命和追求也在不断演化、升级。东京奥运会开幕前三天，国际奥委会第 138 次全会表决通过，将奥林匹克格言更新为"更快、更高、更强——更团结"。国际奥委会主席巴赫在解释这一更新时说，"当前，我们更加需要团结一致，这不仅是为了应对新冠疫情，更是为了应对我们面临的巨大挑战，当今世界彼此依靠，单靠个体已经无法解决这些挑战。因此，我发起提议，为了实现更快、更高、更强，我们需要在一起共同应对，我们需要更团结"。

在全球疫情持续蔓延、地缘政治回潮、不确定性增加的国际大背景下，这一全新提法，丰富了奥林匹克精神的内涵，对于当今世界尤为意义深刻。

新格言所传递的新理念在本届东京奥运会上得到了一次又一次的美好践行。美国有线电视新闻网（CNN）网站 6 日就报道说，东京奥运会让中美运动员展示了友谊，热情洋溢的庆祝和两国体操队之间的温情交流迅速在网上走红。

　　以奥林匹克的名义，让我们地球村不同国别、民族、语言、宗教、性别、年龄的村民们，情同与共、携手同心，共享人类文化的多元与丰富，实现构建人类命运共同体的美好愿景。

# 江红视点：

# 憋了五年的劲儿，在东京暴发了！

新华社　江红

命运多舛的 2020 东京奥运还有 3 天就要闭幕了，逆境中暴发的中国队目前已获得 34 金 24 银 16 铜的骄人战绩。未来几天大概率还会有若干枚金银铜牌入账，甚至冲击金牌榜第一也并非完全没有可能。

在全球疫情持续蔓延，世界正经历艰难时刻的国际大背景下，中国健儿交出这样一份超靓成绩单，令国人大喜过望，更加激发了 14 亿中国人民团结一心、众志成城，抗疫情、保民生、促生产的勇气和力量。

那么这份超强成绩单是怎么来的？是偶然还是必然？有无踪迹可寻？

时间线推回到 2016 年，中国队在里约奥运会上仅获得 26 枚金牌、70 枚奖牌，是中国军团 20 年来的奥运最差表现。当时甚至有媒体用"兵败里约"来形容那次失利。虽说如今国人的心态、理念越来越自信、包容、大气，里约奥运失利并未如从前那般掀起巨大的舆论批评狂潮，但里约的这根刺儿却深深地扎进了中国体育人的心里。欲拔除之，非一场酣畅淋漓的大胜不可。

2017 年，里约奥运后的第 2 年，也是东京奥运周期的开局年，新华社就抽调总社和分社的精兵强将组成调研团队，下沉到各项目国家队进行了几个月的深入调研采访，把发现的问题以及一线备战的运动员、教练员当时所面临的实际困难和普遍心声在媒体披露；2019 年，也就是原定东京奥运开幕的头一年，我们再次下到各国家队进行调研采访时，就明显感觉到了两年来的积极变化，无论是科学训练理念的广泛践行，还是复合型保障体系的逐步完善，以及对对手情况的搜集研判等等，备战的方方面面都在积极向好，呈现出上下齐心、努力拼搏、使命在肩、奋斗有我的良好精神风貌。当时感觉国家队无论是运动员、教练员还是各项目领队、中心主管官员等，上上下下心里都憋着一股劲儿，就是要在东京痛痛快快地打一场翻身仗。记得当时采访运动员时大家几乎众口一词："我们的目标就是要在东京升国旗奏国歌。"

那时我们就预感到，东京奥运会可能会有惊喜。这不是马后炮，而是有两年前新华社播发的通稿为证。新华社在 2019 年 7 月 23 日播发的通稿《决战东京 再铸辉煌——写在东京奥运会倒计时一周年之际》一文中曾预测："总体来看，东京奥运会上中国军团的金牌数应不低于里约的 26 枚，有望达到 28 ~ 35 块之间。"也就是说，我们笃定地认为最低不会低于 28块，最高甚至可以达到 35 块。

做出这个判断，一是基于我们对一线备战的运动员、教练员的采访，二是参考了 2017、2018、2019 年中国选手在重要国际赛事上不断上升的表现。而关于上限 35 块这个判断，调研团队内部人员进行了激烈的讨论，反复思忖 35 块真的有可能吗？当时的舆论甚至都有说里约并不一定是谷底。但是团队经过认真研判后，坚持认为应该相信自己的眼睛，相信运动员这些年来卧薪尝胆、忍辱负重、流血流汗的辛苦努力必然会有回报。现在看来，当时的判断还是略显保守。

用"东京大捷"来形容中国军团的优异表现一点不为过。从目前的成绩看，我们的收获和提升是全方位的，尤其是在"皇冠上的明珠"男子百米上，苏炳添代表中国首次闯入决赛并获得第六名，更是比金牌还要珍贵的历史性突破。我们不仅在传统优势项目上守住了阵地，跳水、举重、乒乓球、羽毛球依然是我们的金牌库压舱石，射击、体操等上届奥运被认为是"兵败"的项目也一雪前耻。更加令人欣喜的是，我们的潜优势项目名单正在逐步扩展，田径、游泳、赛艇、自行车、击剑、帆船等这次都有不同程度的突破；集体项目虽然女排和女足的表现不尽如人意，但女子三人篮球、五人篮球都有意想不到的优异表现。我们不仅金牌收获颇丰，奖牌总数上也让人惊喜，说明中国竞技体育在更多更广泛的项目上向世界水平迈进。

我只想说，中国体育人五年来的艰苦努力、奋勇拼搏、流血流汗，配得上今天的辉煌战绩！

# 人生不是一定会赢，而是要努力去赢

新华社　公兵

7月28日，载入史册的日子，中国赛艇队在东京奥运会上夺得女子四人双桨金牌。历经13年的等待，中国赛艇终于迎来历史上第二枚奥运金牌。

我们同样应当看到，张亮、刘治宇拿下的男子双人双桨铜牌，是中国乃至亚洲的首枚奥运会男子赛艇奖牌，打破了欧美在男子赛艇项目上的垄断，其意义不亚于刘翔之于田径。而女子八人单桨有舵手项目斩获的铜牌则是中国时隔33年后再次获得，在赛艇运动中，八人艇被誉为"皇冠上的明珠"，能够在这一项目中占据一席之地，殊为不易。

奥运奖牌之于一个国家（地区）是激励，是荣誉，更是奋斗过程的最佳呈现。我们不仅要认识到奖牌本身的价值，也要认识到奖牌背后的价值——推动人们健身意识提升，促进全民健康，这也是国家软实力的体现之一。

获得奖牌的运动员值得我们赞赏，奋力拼搏而无缘奖牌的运动员同样值得我们尊敬。正如我们既要为拿下首金的杨倩鼓掌，也要为无缘决赛的王璐瑶送上鼓励和祝福。

运动员们挥洒青春，流泪流汗，苦练1800多个日日夜夜方能来到东京一展所长。即便颗粒无收，只要站上奥运赛场，就是一名"英雄"。殊不见，国际奥委会难民代表团选手即便上演"一轮游"，也会为能够参与而兴奋不已，因为这不仅是自我价值的实现，更是在一个特殊的舞台，作为一个特殊群体，向世人做出了"集约式"的正向展示。

奖牌，抑或无牌，都不妨碍我们见证中国健儿在奥运赛场上奋力拼搏、昂扬向上；同理，即便无缘奖牌，也不妨碍运动员们向国人传递正能量，为社会发展注入活力和动力。

在体育的世界，我们欣喜于胜利，但失利却也是难以避免的一部分，人生亦然。

一位体育名宿曾说，体育不仅仅是要奋力赢得冠军，而是有时候知道不会赢，也竭尽全力；是你一路虽走得摇摇晃晃，但站起来抖抖身上的尘土，依旧眼中坚定。

人生不是一定会赢，而是要努力去赢。

# 中国新一代体育偶像正在"破圈"

新华社　吴书光

东京奥运会行将闭幕。在这届奥运会举行期间，许多人或早或晚发现了各自的"爱豆"。

人们被奥运健儿成功"圈粉"，其核心是对"更快、更高、更强——更团结"的奥林匹克格言的认同，以及对力量、速度、信念、热血的尊崇。可以说，运动之美、肌肉之美、力量之美、线条之美、健康之美、多元之美正在塑造并引领新的审美潮流。

那么，在整治反思"饭圈"等不良粉丝文化的今天，我们到底需要什么样的偶像？显然，运动员就是极佳的追星选项，他们有为梦想而拼尽全力的老将，有自信从容、勇创纪录的新人。这届奥运会，中国新一代体育偶像因为有型、有料、有趣，正呼之欲出，纷纷"破圈""出圈"。

这样的偶像首先要有型。看一看赛场上的运动员，14 岁的全红婵奉献出"教科书式的动作"，游泳运动员张雨霏、汪顺等修长健硕的身材，堪称一场视觉盛宴。长期运动的他们有先天优势，个个意气风发、活力四射，非常上镜，自然而然地迸发出健康向上的精气神，有成为偶像的良好基础。

这样的偶像需要有料。在日本常见"有料"两个字，意思是"需要收费"，意味着某种服务或物品有价值。料又可拆分为"米"和"斗"，积"米"成"斗"即为料，"有料"胜于"无料"。我们平常也常说"这人有料"，意指这个人"肚子里有货"，要么有内涵、有知识、有思想，要么有见识、有故事，能给人启发、点拨。

提到一位运动员"有料",这种"料"看似不可触摸,但无形而有价,比如,长期坚持、顽强拼搏就是很多人缺乏的"料",有鲜明立场、有积极的价值观更是可贵的"料"。比如奥运百米决赛中国第一人苏炳添,即将年满32岁仍奋战在赛场,其中的热爱与自我精进可想而知;如"新蝶后"张雨霏勇敢回应外媒关于反兴奋剂的提问,展示了中国新一代运动员敢于发声的自信与底气。

也有人还认为运动员"四肢发达、头脑简单",但谁能否认,全社会正在逐步更加重视体育教育,眼下的暑假里,一个运动项目都没参与的孩子少之又少,"文明其精神,野蛮其体魄"不再只是一句口号。

再比如,不少运动员是在读硕士、博士,且专业不局限于体育相关专业,比如首金得主杨倩就读于清华大学经管学院,朱婷则是北师大历史学院硕士研究生,汪顺、李冰洁、孙颖莎等是上海交大经管学院学生。"中国飞人"苏炳添是大学副教授,还发表过中国男子100米短跑的研究论文,个个都有不少料。

这样的偶像也要有趣。何为有趣?像隔壁大哥、邻家小妹那样鲜活如你我的人最有趣!比如有人爱油焖大虾,有人喜欢醋溜白菜、辣条。有的运动员爱美容、睡懒觉、还是小吃货,也让网友感到和奥运健儿"有了共同点",这些都趣味满满。

本届奥运会许多运动员是"95后"甚至是"00后",出生在互联网时代,熟悉互联网,敢于表达自我、善于沟通,大大方方地使用社交媒体分享生活、展示自己、与粉丝互动。而且这些运动员四处参赛,与国外选手过招交流,行万里路之后的眼界不会低。

说白了,为什么古时有孟母三迁,有朱赤墨黑,有近君子远小人。某种程度上,追星就是一种自我赋值,是入芝兰之室、还是入鲍鱼之肆,追什么样的星就表明了你有什么样的品味,是另一种形式的身份体现、价值追求。

　　有型、有料、有趣，这些运动员是当下多元、真实、立体的中国人的写照，希望从这届奥运会开始，大众能够认识到"台上一分钟，台下十年功"，正确的明星观、体育观、成败观逐渐得到大众认可，激励人们热爱生活、不断突破自我。

# 梦想腾飞，北京再会

## ——写在东京奥运会闭幕之际

新华社　丁文娴

8 日晚，第 32 届夏季奥林匹克运动会圣火在东京新国立竞技场缓缓熄灭。盛会落幕，一幕幕精彩瞬间成为永恒；梦想升腾，我们相约北京，向着冬奥会发起冲刺。

16 个难忘日夜，见证竞技体育的荣耀与梦想，凝聚人类社会的团结与友谊。虽然新冠肺炎疫情依然肆虐，但病毒无法侵袭高昂斗志，口罩遮挡不住真挚笑脸。五环旗下，205 个国家（地区）奥委会代表团及难民代表团、约 11000 名运动员情同与共、奋力拼搏，向着更快、更高、更强发起挑战，书写力与美、速度与激情的璀璨篇章。

奥运会之所以牵动人心，不仅在于摘金夺银的高光时刻，更在于挑战极限、超越自我的奋斗意志，在于公平竞争、重在参与、享受比赛、尊重对手的体育精神。它超越时空历久弥新，赋予奥运更为丰富的内涵和生生不息的魅力。12 岁的叙利亚乒乓球手亨德·扎扎越过战火奔赴赛场；中国选手张雨霏与身患白血病后重返泳池的日本选手池江璃花子相拥告慰；46 岁的乌兹别克斯坦体操名将丘索维金娜第八次站上奥运赛场……他们来自不同国家和地区，却用真诚与善良诠释了奥林匹克运动"更团结"的真义，为人类携手应对挑战带来深刻启迪。

此次中国军团以昂扬精神和自信身姿征战东京，勇夺 38 金 32 银 18 铜，金牌数追平在伦敦奥运会取得的境外参赛最好成绩。难以忘怀，"00 后"

杨倩射落首金，掀起青春风暴；苏炳添一战惊世，历史性站上男子百米决赛跑道；四战奥运的铅球名将巩立姣终将金牌收入囊中。赛场上他们拼尽全力百折不挠，赛场外他们青春洋溢率真爽朗。他们是激情洋溢的体坛先锋，是惊艳世界的中国力量，更是 14 亿多中国人的自豪与骄傲！

8 月 8 日，这个日子对于中国意义非凡。13 年前的这一天，北京奥运会在一场气势磅礴的开幕式中盛大开启。中国向世界展现了一场无与伦比的赛会，中国体育就此站上腾飞的新起点。8 月 8 日还成为中国的"全民健身日"。当马拉松火遍大江南北，当冰雪运动走出山海关，追求健康体魄与精神，成为平凡你我拥抱奥林匹克的最佳方式。13 年来，竞技体育继续攀越高峰，运动健身理念深入人心，体制机制改革探索推进，体育产业向着国民经济支柱性产业的目标稳步发展，我国由体育大国向体育强国扎实迈进。

再过 6 个月，冬奥会圣火将在北京燃起。中国正张开双臂，迎接来自世界各地的冰雪健儿。从采用世界上最先进最环保制冰技术的国家速滑馆"冰丝带"，到充满东方文明意蕴的国家跳台滑雪中心"雪如意"，北京冬奥会三大赛区 12 个竞赛场馆已经如期完工。面对疫情影响，中国克服各种困难，推动筹办工作朝着既定目标稳步前进。在不久前举行的国际奥委会第 138 次全会上，国际奥委会主席巴赫对中国给予高度评价，表示场馆建设、遗产可持续等筹备工作各项进展都非常令人满意，"带动三亿人参与冰雪运动"更是将成为世界冬季体育发展史上的里程碑。

2022 年立春之日，世界瞩目中国。长城脚下，将再次奏响和平、友谊、进步的华彩乐章，且看"双奥之城"雄风再展，新时代中国必将为世界奉献一届简约、安全、精彩的冬奥会！

# 这，就是中华体育精神！

新华社　王恒志　夏亮　张逸飞

回望半个多月前落幕的东京奥运会，哪一幕最让人难以忘怀？是苏炳添百米飞人大战 9 秒 83 的惊艳，还是"水姑娘"们打破世界纪录的惊喜；是"00 后"杨倩一枪射落首金后的灿烂笑眼，还是孙一文赢下"决一剑"的仰天怒吼；是女篮姑娘们的飒爽英姿，还是刘洋在吊环上转动脖子的"王之蔑视"……

一次次精彩的进击，一场场努力的拼搏，中国体育健儿在东京用自己的表现，生动诠释了中华体育精神，展现出当代中国人尤其是青年人的风采。

## 为国争光　使命在肩

27 岁的汪顺已是第三次参加奥运会了，作为队里的老大哥，他在东京创造了中国男子游泳的历史——夺得首枚男子混合泳奥运金牌。他说："我觉得我用尽了自己的全部力量，去实现赛前我说的，要让国歌在东京的赛场奏响，让国旗在东京的赛场飞扬，是祖国人民给我的力量。"

汪顺朴实无华的话语，说出了中国体育代表团全体 431 位运动员的心声：为国争光，使命在肩。

五年前在里约因双腿抽筋无缘争冠的谌利军，在东京一度面临绝境：他需要举起 187 公斤、比自己上一次试举多 12 公斤的杠铃，才能逆转对手。谌利军做到了。他事后告诉记者："我当时心里想着为国家争光，为自己的人生添彩，心里面的力量一下就上来了，没有什么杂念。别说 187 公斤，

190 公斤我也要举起来。"

"00 后"孙颖莎这次虽然没能站上乒乓球女单最高领奖台，但在半决赛中 4：0 横扫中国队最大对手、日本选手伊藤美诚，和队友陈梦会师决赛，人送外号"止藤片"。最终夺冠的陈梦说："疫情期间的训练、备战，真的体现出了中国的强大。"小小年纪的孙颖莎也说："取得今天这样的成绩，我觉得是因为我们身后有伟大的祖国，有强大的乒乓球队。"

2020 年初，中国女篮拿到奥运资格后曾说："我们始终坚信，有一种信念叫作永不放弃，有一种精神叫作中国必胜。"这在当时不仅是为她们自己，更是为全国正与疫情抗争的人们加油打气。一年多后，所有中国体育健儿都用自己的拼搏与努力，诠释着这句话。

## 人生能有几回搏

夺得女子 200 米蝶泳冠军一个多小时后，张雨霏又站在了女子 4×200 米自由泳接力赛场上。作为整个团队中最后一个知道自己入选接力名单的人，她赛后说："我想，不管三七二十一，下水就拼吧，展示出我们的中国力量来。"

"拼了"，这是四位名字中有"水"的中国姑娘杨浚瑄、汤慕涵、张雨霏和李冰洁共同的念头。最终，这块被视为澳大利亚队囊中之物的金牌，被中国"水姑娘"拿下，7 分 40 秒 33 的成绩还打破了世界纪录。

拼搏从来不只是胜利者的特质，超越自己同样让人肃然起敬。

男子百米飞人大战的半决赛开始前，苏炳添就决定"半决赛当决赛跑"。这个看上去"孤注一掷"的决定，让他跑出了 9 秒 83 的亚洲纪录，留下了"一战封神"的经典时刻，也让他成为首位站上奥运会男子百米决赛跑道的中国选手。

同样在田径赛场，王春雨成为首位闯进奥运会女子 800 米决赛的中国选手。虽然她最终名列第五，没能站上领奖台，但已经把个人最好成绩提高了两秒多。

在东京，有太多中国健儿拼出了个人最好成绩、赛季最好成绩。他们中有参加了三四届奥运会的老将，也有初出茅庐的新人。站到奥运赛场上，他们心中只有一个念头：顽强拼搏，超越自我。

**四届奥运会，状态始终保持在巅峰到底有多难？**

32 岁"高龄"的董栋在拿到男子蹦床银牌后说："其实蛮难，但是谁不难？去拼嘛！"

赛场内外展现中国形象

东京奥运会的延期，打乱了所有运动员的备战节奏。在过去的一年中，运动员们不仅要应对日复一日艰苦的训练，同时也伴随着对奥运会举办不确定性的焦虑、受疫情影响国际比赛减少等等的困难。在总结东京奥运会取得好成绩的原因时，很多运动员都认为刻苦训练和科学备战是取胜之匙。

汪顺就表示，能实现突破，主要在于通过刻苦训练，让自己过去的短板——蛙泳技术实现了巨大提升。"这些年来很多时候都想过放弃。"汪顺说。但很快他就会强迫自己把这个念头压下去，然后继续朝着目标前进。"每堂训练课后五脏六腑都发烫了。""400 米混合泳游完，上岸后屁股像火烧一样。"

团队制定的科学备战计划也是中国体育健儿发挥出色的重要原因。中国举重协会主席周进强说："我们这个周期从团队建设方面，给运动员提供了强大的精神、物质保障。在科技助力方面，我们形成了几大系统，包括营养、康复、体能、技术分析、心理和生理生化的监测等，所以每块金牌、奖牌都承载着这些幕后英雄的心血。"

这样的团队，并非举重队独有。事实上，在这个周期里，各支国家队都格外重视科技的力量，纷纷组建复合型团队，科学求实、团结协作，最终铸就强大的战斗力。

当然，这个夏天让大家记住的不仅是奖牌和好成绩。

首金得主杨倩比赛中一枪定乾坤，走下赛场则是邻家小妹，还与网友分享起了美甲秘籍。又能拿成绩又热爱生活，这样的冠军食人间烟火、不高高在上，成为网友们追逐的明星。

女子举重最大级别选手李雯雯因为一则睡地板的小视频走红网络，并得到了无数网友的关心。轻松夺冠后，她向所有关心她的人比了一个大大的心，走下赛场的大力士瞬间成为"小雯雯"，她还大声宣告："每个胖女孩都有自己的梦想。"

赛场内外的中国体育健儿，阳光、自信、率真、幽默，他们个性表达、金句频出，让中国运动员不善表达的刻板形象彻底改观，向世界展现了当代中国人，尤其是青年一代的全新形象。

# 记者手记：枪响前，我听见了自己的心跳

新华社　林德韧

从子弹上膛到扣响扳机，只需要短短的半分钟。

在东京奥运会的射击场上，我经历了十余年体育记者生涯中最为漫长的半分钟。

杨倩的最后一枪。

女子 10 米气步枪，决赛到了最后关头，杨倩与俄罗斯运动员加拉希娜已经拼到极限。在最后一发之前的 6 枪，两人都打出了超高水平，杨倩枪枪都在 10.5 环以上，却发现自己依然在落后。

只剩最后一颗子弹了，赛场里的空气都仿佛凝固了。正在做记录的手已经不听使唤，抖得写不下任何一个字。

心脏狂跳，声音盖过了场内的喧哗，清晰可闻。

我无法想象端着枪的杨倩在这半分钟之内承受了多大的压力。令人绝望的对手、令人窒息的氛围。在那一刻，一切的技术都已不重要，能够顶下来的，都是真英雄。

杨倩顶下来了。虽然最后一发只有 9.8 环，但相对于只打出 8.9 环的对手，这已经足够了。

从资格赛差点被淘汰，到决赛最后一发翻盘，在这个上午，21 岁的杨倩在巨大的压力之下，硬是把这块金牌拿了下来。

这就是首金带来的刺激。这样的刺激，一届奥运会只有一次。

这是我的第三次奥运会，第三次奥运射击报道，也是第三次首金报道。

在 2012 年，首次报道奥运会的我，在伦敦见证了易思玲成功登顶，延续了中国女子步枪的辉煌。2016 年的里约，我也见证了杜丽和易思玲的"双保险"差之毫厘，最终让金牌旁落。

2012 年的易思玲是大热中的大热，集世锦赛、世界杯总决赛、世界纪录于一身，是当时女子步枪领域毫无争议的王者。而且在当时的规则下，资格赛成绩带入决赛，因此易思玲在决赛中握有优势，看比赛看得相对踏实。

2016 年，杜丽与易思玲已经足够出色，奈何半路杀出了一个美国小将思拉舍，爆了个大冷门，把首金抢走了。

与以往资格赛成绩带入决赛的规则相比，现有的规则带来了更多的不确定性。决赛 8 名选手站在同一条起跑线上，一起从零开始。尽管所有枪手都只是沉默着朝向自己的靶子，但每一枪，又都是刺刀见红的虐心搏斗。

作为一名射击记者，不得不钦佩运动员的这种"大心脏"，泰山压顶而不乱，硬是把不可能变成可能。

作为一名射击记者，更能了解运动员们场上辉煌背后的点点滴滴。杨倩和其他运动员一样，有过高光时刻，也有过状态不佳的低谷。射击对技术和心理是双重考验，需要大量的比赛进行磨炼，而杨倩最缺的，就是大赛经验。

为了弥补这一弱点，中国射击队也做了大量的细节工作。平时安排了数不清的决赛演练，针对的就是现行决赛规则下运动员的心理承受能力。在比赛之前，队伍特地叮嘱杨倩和王璐瑶不要多睡午觉，以免影响正常的睡眠质量。信息回避、心理辅导……这些看不见的工作，都成了这枚金牌背后的助力。

因为见证了这些，所以在杨倩的最后一枪过后，才如此激动。

参加三次奥运报道，见证中国队拿到两次首金，同事们笑称这概率够高的。其实，经历过这一切之后才明白，枪手们所有的运气背后，都是努力和实力，还有一往无前的勇气。

迎着朝霞来，带着晚霞走，朝霞射击场的这一天，将成为我射击记者生涯难忘的回忆。

关于首金的故事，也将继续书写下去。

# 东京奥运会 | 女孩的美不用尺寸定义

新华社云南分社　岳冉冉　周畅　朱翃

发光不只是太阳的权力，每个人都可以。

在这个"身材焦虑"的年代，两位"胖胖"的奥运冠军会让人领悟到，女人最美的一面，是元气的笑容和自信的底气。

先问个问题。你能为梦想坚持多长时间？32岁的巩立姣答：21年。当她站在领奖台上，对着镜头，笑着举起人生中首枚女子铅球奥运金牌时，自信大气，光彩照人。"这一刻我等了21年。这是我训练的第21年。所以人一定要有梦想，万一实现了呢？我今天真的就实现了。"

每天训练投掷200次以上，每天投掷重量超1吨，踏实走稳的每一步，都是她通向梦想的垫脚石。"铅球是要经过努力、一球一球扔出来的，我们也是经过很枯燥的练习，经过上百万次的投掷，才能站在想要的成绩上。"这就是巩立姣自信的来源。

2016年里约奥运会失利后，巩立姣花了很长时间平复，才又站了起来。"失败和成功都经历了，我现在什么都不怕。"当一个女性内心强大到无畏，自信自然由内而发。

东京奥运会女子举重87公斤以上级比赛中，"胖胖"的李雯雯同样独孤求败。

在领奖台上，李雯雯比出一个大大的心，她说，这个心送给支持她的网友。此前她在奥运村睡地板的小视频火了，大家关心她能不能休息好。

"每次比赛我都睡在地上，不能睡太软，不单单是这一次。"这份自律，源于李雯雯将人生掌握在了自己手中。"我认为胖让我实现了自我价值，再说等我不练了也可以瘦下去。每个胖女孩都有自己的梦想，不要对自己放弃。"

巩立姣曾在一个纪录片中说："我没有刻意地去长体重，而是为了投远去长体重。"

是的，在追求热爱与梦想的力量面前，所谓"身材焦虑"，根本不是对手，根本不值一提。

女性的"美"不该用尺寸定义，管你是 XL 还是 XXXL，管你是大体重还是麒麟臂。对于力量型女运动员来说，粗壮的手臂和壮硕的身材就是勋章，她们的美，源于传统消瘦身材替代不了的自信与活力。

胖瘦皆风情，好身材不止一种。

女孩，你的美，不需要别人定义。

# 奥运有时　拼搏永恒

光明日报　侯珂珂

无论是奥运会首个比赛日"日进三金"的开门红，还是随着比赛进程"错失冠军"的遗憾，中国代表团一张张为梦想拼搏的生动笑脸在这个炎热的盛夏"刷屏"。竞技体育里，冠军只有一个。摘金了不起，争银夺铜一样值得点赞。

与冠军差了那么一点点，的确充满遗憾。张雨霏的百米蝶泳，以 0.05 秒的微弱劣势屈居亚军；男子双人 10 米跳台，面对完美发挥的英国组合，曹缘 / 陈艾森只输 1.23 分；举重女子 55 公斤级，廖秋云因菲律宾对手迪亚兹"+1 公斤"的战术而与金牌失之交臂；许昕 / 刘诗雯乒乓球混双 3 比 4 不敌日本组合……在瞬息万变的赛场，一次技术失误、一个心理波动、一记保守策略、对手超水平发挥都可能导致与金牌无缘，这也正是竞技体育的残酷之处——冠军永远是发挥更好的一方。

竞技世界里没人愿意输，正如张雨霏在赛后所言："我可以输，但我决不轻易认输。"这位年轻的姑娘，用灿烂的笑容感染了奥林匹克大家庭，中国年青一代运动员对体育、对奥林匹克有了更全面、更深刻的理解和解读。

奥运会的规则有变化，项目也在不断变化。但奥运精神却一脉相承，为热爱而坚持，为梦想而冲刺，在如今这个快速变化的互联网时代，依然有着最动人的力量。一代又一代的运动员走上舞台，挑战极限、挑战自己……而在这个过程中，公平、友谊、团结在奥林匹克的精神花园中一直

117

枝繁叶茂。

最是精神能动人。再没有什么，比激动人心的忘我拼搏更能体现体育精神。奥运赛场是体育竞技的场所，也是体育健儿展示拼搏精神、展现国家形象的场所。我们会为冠军欢呼，也会向那些拼搏过、奋斗过、努力过的选手们致以掌声。争取金牌而不唯金牌，追求名次而不唯名次，最难能可贵的不只是结果，更是不断挑战自我、超越自我，从而实现更好自我的顽强精神。无论是感慨"国旗升起国歌响起这一刻是多么不易"，还是寄语失利健儿"你们也是国家的骄傲"，越来越多的人能够去共情赛场上那些欢笑与泪水、紧张与镇定、拼搏与坚持、奋斗与不屈、欣喜与遗憾。奥运赛场展现的爱国主义精神、集体主义精神，超越体育运动的界限，凝聚起强大正能量。

国际奥委会主席巴赫说，奥运会的意义是让全世界相聚在一起。相聚，是为了让人们看到对梦想的坚持和拼搏，让奥林匹克精神激励更多人。拼搏，就是最动人的故事。赛场没有常胜将军，但有永不放弃的拼搏意志、坚持梦想的奋斗姿态。所有这些故事，共同组成了奥林匹克运动熠熠生辉的精神底色。站上奥运赛场的每位运动员都不容易，都是好样的。他们为国出征，在赛场上挥洒汗水；他们为国拼搏，付出了常人难以想象的努力。东京奥运会大幕刚拉开，初出茅庐的少年，身经百战的老将，每一位中国奥运健儿都在用自己的拼搏诠释对梦想的坚守，这就是最有含金量的拼搏故事。

运动员是一座生动的雕塑。优秀运动员的良好道德、坚毅品格和拼搏精神可以起到良好的榜样作用。坚定信心，放手一搏，无愧我心，他们书写的赛场传奇，也将激励更多人不断创造新的奇迹。

# 梦想的力量荡气回肠

光明日报　侯珂珂

1932 年 7 月，一抹孤独的身影站上洛杉矶奥运会男子百米的赛道，那个人叫刘长春，是中国奥运第一人，他用 10 秒 7 为中国速度按下启动键。跨进新世纪，2004 年雅典奥运会的冠军领奖台上，刘翔那句"中国有我、亚洲有我"是中国体育跻身世界顶级实力的自信，是中国体育奏响的强音。2021 年东京奥运会百米决赛跑道上，一抹中国红再树中国体育里程碑，苏炳添创造了亚洲选手在男子百米项目上的最佳成绩。

短短百米奥运跑道，见证了中国体育人把荣耀书写在共和国的旗帜上。赛场上的中国速度与国家社会发展轨迹高度吻合，经历了从遭遇困境到冲破封锁，从筚路蓝缕到勇立潮头的一路奋进。

曾经，单刀赴会万里关山的刘长春，身后是山河破碎、国运艰难的旧中国。"望君奋勇向前，让我后辈远离这般苦难"，是彼时他留下的愿望。回望雅典，110 米栏运动员刘翔为中国赢得了第一块男子田径奥运金牌，也让人们从此记住了这位身披国旗奔跑的男孩。尽管后来因伤退役，但刘翔激励了许多中国运动员，尤其是田径运动员。"我非常感谢他。要是没有他的出现，可能很多人都不敢想要去站上奥运会的决赛赛场。"在东京连破 10 秒大关后，苏炳添表达了对刘翔的敬意。

心怀梦想，勇敢无畏，薪火相传，风雨兼程，砥砺前行。岁月不负追梦人，命运会犒赏最努力的人。冠军只有一个，中国体育展示了那种志存高远、永不放弃的力量。超越自己，接续奋斗，对胜利的渴望，对体育的尊重，中国健儿让梦想的力量直指天际，荡气回肠。

"我已经完成了自己的梦想，完成了历代前辈的嘱托。"32 岁的苏炳添向世界证明中国速度的风采。"人是要有梦想的，万一实现了呢？反正我是实现了。"32 岁的四届奥运铅球选手巩立姣，21 年的坚持，最终取得中国田径田赛首枚金牌的成就。

现代奥运会之父顾拜旦曾这样对他的支持者说："我恢复奥运会不是它古老的形式，而是发现教育对于我们的国家和人类起到的中心作用……"顾拜旦梦想成真，并让这个瑰丽之梦激荡和传承了百余年。对于今天的奥运健儿来说，这个梦想也许是喜极而泣，也许是肝肠寸断，也许是无怨无悔……万千情感，聚合成奥林匹克永恒的魅力。

东京，是奥林匹克梦想传承的驿站，是开启新一轮梦想之地。如苏炳添所希望的，我辈不再形单影只，"希望我能给更年轻的运动员带去鼓励"。世界竞技体育激烈变局的发令枪已经打响，作为"运动之母"，田径赛道的起跑线上，我国短跑的再出发离不开跨越时空的经验助力。

体育强国的一个重要表现是竞技体育的高质量发展，一大批中国健儿在而立之年甚至近不惑之年取得佳绩实现梦想，除了个人的勤奋努力，更有国家保障、科技支撑、团队合力、内外交流、传承创新的功劳。"感谢祖国一直以来给我们的保障……"在任何一个赛场，奥运健儿的心声情动于中。面对世界百年未有之变局，面对疫情侵袭，面对各种困难，祖国承载着健儿乘风破浪，乘势而上，创造成绩，实现梦想。

在严肃又紧张，生动而温暖的竞技场，让我们继续见证奥运健儿缔造和传承奥林匹克的辉煌梦想。

# 奥运赛场是书写国家荣誉的公平舞台

光明日报　侯珂珂

在追求"更快、更高、更强、更团结"的奥运赛场，总是有辉煌也有遗憾。东京奥运会 28 日的体操比赛中，中国选手肖若腾干净漂亮地完成所有项目后，却"意外"屈居男子体操全能亚军，而存在明显失误的东道主日本选手如愿拿走这枚金牌。

奥运赛场，完美难以企及，打分类项目的话题总是争议不断。裁判可以判定谁第一、谁第二，但是所有观众心中都有自己的冠军，自尊自强的中国少年用大度从容的表现征服了观众的心。"拿到银牌高不高兴？高兴，全世界的比赛也都只有一个第二，我同样很想拿金牌，但金牌也只有一个。"肖若腾表达了自己的心情。这种对运动的热爱，在展现出勇往直前的豪迈的同时，也激励着人们品味、感受体育迸发出的人性之美。这种美，跨越国界与种族，在全世界传递，让全人类共享。

竞技体育，志在争先，参与竞赛，必有输赢，这正是体育赛事的魅力。日复一日的练习，一次次顶着压力站在赛场上，无悔地奋斗，定格成精彩的瞬间。奥运之美，更在于拼搏不息的过程。在"金牌围城"之外，观众们看到了肖若腾坚定的眼神：赛场之外，再无世界。这是最真挚最火热的爱，与冠军无关。在最高水平的竞技场上，中国精神在闪光：顽强拼搏，挑战极限，坚持梦想，超越自我，自尊自强，大度从容，坚守道德，公平竞争。

奥林匹克运动之所以在全球有极大的号召力和影响力，正因为它追求

121

和体现了人类向往公正、平等的价值观。在现代奥林匹克精神的诠释中，有这样一段话："每一个人都应享有从事体育运动的可能性，而不受任何形式的歧视，并体现相互理解、友谊、团结和公平竞争的奥林匹克精神。"任何一个国家，任何一个运动员，能够进入奥林匹克的会场，参与到这项可以团结全人类的体育盛事中，都值得被尊重。奥林匹克运动的宗旨体现了人类对世界秩序的关怀和对真善美的追求。奥运会是世界人民实现美好理想、传播和平意愿的途径，也是世界各个国家和地区公平对待、宽容学习、和平友好的样本，并成为书写国家荣誉的公平舞台。

现代奥林匹克创始人顾拜旦说："对于人生而言，重要的绝非凯旋，而是战斗……传播这些格言，是为了造就更健壮的人类，从而使人类更加严谨审慎而又勇敢高贵。"现代奥林匹克运动已逾百年，也许我们已经不记得哪届奥运会都是谁拿了冠军，也许我们早已忘记哪个代表团曾高居金牌榜首位，但我们肯定会记得运动员们对体育真挚的爱。

岁月无声，光阴有痕。奥运赛事还在继续，在赛场的激情呐喊中，在生活的点滴参与中，屏幕前的中国观众也不再将"爱国主义"简单地等同于"夺取金牌"，而是更加注重赛场上的表现能否真正阐释民族精神。对赛事的评价、对运动员的态度，折射了中国观众更宽容、更理性、更文明、更具人文精神的价值观，这是赛场内外的和弦，是健儿与观众的共鸣，激荡出的是爱国主义的强音，体现的是体育强国的坚实基础。自信、自尊、沉着、从容，这样的中国精神让奥运会的内涵变得更深厚、更富人文情怀、更加滋味绵长。

# 体教融合，让学子扬威奥运赛场

光明日报　王东

　　杨倩，来自宁波的"00后"选手，在东京奥运会先是获得女子10米气步枪比赛的冠军，摘得本届奥运会首金，随后又在混合团体比赛中，和搭档杨皓然再次夺得金牌，成为一名双金运动员。

　　人们对杨倩的首金和双金赞不绝口，对她的另一个身份也羡慕不已，这位21岁的姑娘还是清华大学的大三学生。既能保持世界级的运动水平，又能进入中国最知名的高校学习，杨倩的成绩离不开体教融合培养人才的模式。

## 摘金夺银离不开体教融合育人理念

　　翻看杨倩的履历可以发现：小学四年级的时候，杨倩就凭借自己出色的天赋被选入宁波体校射击队。后来她成绩不断提升，15岁时在第一届全国青少年运动会获得了第三名，当年即入选国家青奥队。2016年，杨倩被特招进入清华附中的射击特长班。

　　进入清华附中后，在高强度的训练之余，杨倩还要挤出时间学习文化课。因为想要成功进入清华大学，即便作为体育特长生，录取分数也不低。最终，杨倩在高考中取得了理想成绩，顺利进入清华大学经管学院。

　　大学前两年，杨倩成绩一直很好。虽然为了备战奥运会，学校允许她休学一年，但她的课程仍然没有落下。

　　能在奥运会赛场上获得金牌，既源于其自身过硬的实力、赛时稳定的发挥，也离不开清华大学多年来"体教融合、学训结合、以学促训"的育人理念。

复建于 1999 年的清华大学射击队，由清华大学和国家体育总局射击射箭运动管理中心共建，实现与国家队在体育、教育资源及信息上的共享共融。学校为国家队教练员、运动员提供优质教学资源，清华射击队队员也能得到国家队专业的指导和培训，张恒、王义夫、肖俊、单红、张秋萍、高静等一批教练先后执教清华班。此外，清华射击队还与清华附中形成了贯通式培养模式，通过在各地中学或比赛中选拔好苗子，使其更早进入清华附中学习并兼顾训练，保证竞技人才不断输出。

可以看出，清华射击队"与国家射击队相融共建、与省市队合力发展、与附中一条龙培养"的体教融合、共建双赢模式，已焕发出旺盛的生命力。

## 以专业理论、文化知识提升运动员整体素质

在本届奥运会的中国军团名单中，杨倩的学生身份并不是个例，出自大学校园的选手已然成为一个群体，其中不仅有本科生，还有不少的硕士、博士研究生，更有像苏炳添这样的大学副教授。当然，他们当中也有不少摘金夺银的选手。

在奥运会女子跳水 3 米板上连得双人赛和单人赛两枚金牌的施廷懋，就是西南大学体育运动专业的博士生。据她本人介绍，参加完奥运会，她还要继续撰写博士论文，论文的主题就是研究自己如何能获得 3 枚奥运会金牌、6 个世锦赛冠军以及 4 个亚运会冠军。"当我的导师和我确定了研究方向后，一开始觉得有些好笑，等着手准备了，才发现真的很难。"她说，"因为这里涉及的学科太多了，不仅有技术训练，还有运动医学、人体医学、运动恢复、运动心理学等等，一点不比训练轻松。"

来自西南大学的奥运会奖牌得主不止施廷懋一人，男子举重 67 公斤级冠军谌利军正在攻读西南大学的硕士学位，女子举重 55 公斤级银牌得主廖秋云是他的研究生同学，上届奥运会跆拳道冠军、本届奥运会男子 68

公斤级铜牌得主赵帅2020年拿到了硕士学位,目前正在继续攻读博士学位。另外,该校体育学院运动训练专业学生张亚雯,还获得了羽毛球女双的铜牌。

西南大学体育学院党委书记郭立亚在接受媒体采访时说,这几位学生都是通过运动训练、单招考试考入了西南大学。他表示,在招生的时候,西南大学的教练和专业老师善于发现人才,在这些运动员还没有成为最顶尖或者最优秀运动员的时候,就发现了这些学生,然后动员他们报考西南大学。

施廷懋、赵帅等几位学子都是在西南大学学习一段时间以后,随着专项技术水平和文化修养提高,在大赛中显现出优秀竞技水平,才入选了国家队。"培养一位优秀的奥运选手并不是一蹴而就的,要经过长期、多层次、多方位的努力。"郭立亚表示,西南大学主要在专业理论、文化知识方面对这些学生进行培养,使他们的素质得到全面提升。而专业技能方面,更多是在他们自己的专业队教练培养下不断成长起来的。

郭立亚说,在培养方面,西南大学将运动训练专业作为特色,为学生创造更好的学习环境,给他们更多的时间去从事专业训练,另外还有一些相关政策措施,让他们能够既保证专业训练,又保证文化理论知识和专业理论学习,真正实现体教融合培养人才的模式。值得一提的是,这些高水平运动员研究生阶段的学习是3到6年的弹性学制。

从清华大学和西南大学的成绩可以看出,这些高水平运动员进入高校,不是对他们的学习和训练简单做加法,而是以学促练、深度融合。

**体教融合有望成为中国体坛重要的发展趋势**

在本届奥运会上,以9秒83的惊人成绩闯入男子百米决赛的苏炳添,目前是暨南大学体育学院副教授,他就是暨南大学自己培养的国际经济与贸易专业硕士。而苏炳添的公开课,是暨南大学选修课里最难抢的课程之一。

参加东京奥运会的中国军团当中，大批在校生成为中流砥柱，"学霸"们的身姿在赛场上闪耀。宁波大学的举重冠军石智勇、浙江大学的短跑名将谢震业、苏州大学的羽毛球选手何冰娇、湘潭大学的羽毛球选手贾一凡、北京师范大学的女篮队员邵婷，以及上海交通大学的赛艇选手陈云霞与张灵，都是其中的佼佼者。

当然，在奥运会上出镜率最高的高校是被称为"冠军摇篮"的北京体育大学。北京体育大学共有48名学生出征东京，参加22个项目比赛，其中就包括铅球冠军巩立姣、女子重剑冠军孙一文、里约奥运会金牌得主竞走运动员刘虹、乒乓球国手刘诗雯、跳水选手曹缘等名将。

这些"学生运动员"在东京奥运会的成功，是体教融合的典型范例。通过体教融合模式培养优秀体育人才，有望成为中国体坛重要的发展趋势。

# 再见东京　北京再见

工人日报　赵晓展

　　终于到了要跟东京说再见的时候。

　　38 金 32 银 18 铜共 88 枚奖牌，金牌数、奖牌数仅次于美国队位居第二，中国奥运健儿在东京追平了伦敦奥运会取得的境外参赛最好成绩。

　　这个夏天，在东京，我们一起欢喜着他们胜利后的激动与兴奋，也悲伤着他们失败后的无奈与泪水，更见证着竞技体育的力与美。因此，要与这届"特殊"的奥运会挥手作别，心中更有不舍。

　　幸而，与奥运会的再次邂逅不用等待太久。179 天后，奥林匹克圣火将在北京点燃！作为第一座既举办过夏季奥运会又将举办冬季奥运会的"双奥之城"，北京再次"欢迎您"！

　　**一**

　　中国队所获的 38 枚金牌中，2 人以上团体项目 12 个，占 32%。获得金牌的运动员 52 人，创境外参赛夺金人数纪录。多个项目创造历史，在举重、射击、游泳、自行车等项目中，打破 4 项世界纪录，创造 21 项奥运会纪录。10 个小项包揽冠亚军，成功卫冕 11 个小项的金牌。

　　传统优势项目上，中国军团继续凯歌高奏。中国举重队以 7 金 1 银超越自我、打破此前奥运参赛史 5 金的最佳战绩；乒乓球队 4 金 3 银的战绩续写"国球"辉煌；跳水队以 7 金 5 银的成绩圆满收官。

　　一些潜在优势，甚至弱势项目的崛起或破局，让人更感振奋。

　　田径赛场上，苏炳添 9 秒 83 的百米个人最好成绩，不仅刷新亚洲纪录，更让他成为世界上目前跑得最快的第 12 人。巩立姣以 20 米 58 登顶女子铅球领奖台，27 岁的山东姑娘刘诗颖在女子标枪决赛中以 66 米 34 的成绩夺冠，中国田赛在奥运赛场夺得史无前例的两金。

游泳项目上，东京奥运会是近 17 年来中国游泳队派出参赛选手最少的一次，但 3 金 2 银 1 铜的成绩，排名游泳项目奖牌榜第四，为历届奥运第三好成绩，夺金人数更是创历届之最。

还有中国赛艇皮划艇项目创造了 2 金 2 银 2 铜的佳绩，多枚奖牌都具突破意义；中国三人女篮获得了奥运史上首枚铜牌，是中国篮球在世界大赛上创造的第二好成绩。此前，中国五人女篮曾获奥运会和世锦赛亚军；还有"一剑光寒定九州"的孙一文，填补了女子重剑队个人项目奥运金牌的空白……

## 二

不过，有赢就会有输。

中国女足三战两负一平，丢 17 球，小组赛折戟；上届冠军中国女排创历届奥运会参赛最差成绩，小组赛三连败被淘汰；中国跆拳道队仅收获一枚铜牌，结束了每届奥运都有金牌入账的历史……

尤其是承载中国体育"精神图腾"的中国女排，失利后主帅郎平与队员逐一拥抱，泪洒赛场的一幕，让人无限唏嘘。

虽然网友们给予女排更多的是温暖的鼓励和祝福，但竞技体育的残酷，也再次提醒人们：没有永远的冠军，任何一名选手、一支球队都不可能一直站在运动的巅峰。

精神的力量固然重要，但在赛场上，实力依然是最主要的决定因素。在我看来，让很多球迷无法接受的并非只有成绩，而是中国女排没有发挥出应有的水平和状态。当今世界女排的格局，没有哪支队伍有压倒性优势。作为上届冠军，中国女排肯定被每个对手都认真研究；还有朱婷的伤，并非在东京奥运会上才突发……

这种情况下，赛前中国女排是否真的做好了准备呢？真心希望中国女排不要沉沦，而是以此为起点，早日重现辉煌。

说到女子三大球，就不能不提未踏上东京就已经"全军覆没"的男子三大球项目。尤其是男足和男篮，不乏观众基础，也不缺少场外资本的关注，面对中国军团多个项目在奥运会赛场上不断突破，更让人为这两个看似走在"职业化"前列的队伍担忧。

职业化的道路本没有错，但竞技体育的规律也说明，任何一个项目的发展，一定要根据队伍自身的特点，走出一条适合国情的发展之路。

三

告别激烈拼杀的赛场，梳理中国队的东京之旅，我们更欣喜地看到，一批"95后""00后"年轻一代已经强势崛起。

与运动成绩一样可喜的是，他们在赛场内外所展示的自信、开放、落落大方的精神气质，塑造着可信、可爱、可敬的中国形象。

领奖台上，杨倩做出了可爱的"比心"动作，漂亮的美甲、可爱的黄色发卡，一时风靡网络；一个多月前，人们知道全红婵，因为她是中国代表团中年纪最小的运动员。以466.2的高分拿到女子跳水10米台冠军后，奥运金牌、决赛中的三跳满分以及"水花消失术"，都成为全红婵的新标签。网友说，"下饺子都比她的水花大。"

赛场下他们是可爱的少男少女，赛场上他们又化身英勇夺金的奔腾"后浪"。

面对不那么友好的问题，他们敢于也有能力正面回应——张雨霏夺冠后，有外媒问新冠肺炎疫情以来中国选手有没有接受过兴奋剂检查，小姑娘非常霸气地回答："从2020年3月到现在，中国一直在进行兴奋剂检查，从来就没有停止过……中国运动员接受兴奋剂检查的次数是全世界最多的。"

　　正如有媒体在评论中所说，体育无国界，在中国对外交流交往、开放互动中，体育向来是急先锋，也是一个重要窗口，中国运动员一直在努力冲破东西方的隔阂，打动世人的心灵，让世界看到一个真实的中国。

# 始于金牌 却不止于金牌

中国青年报 曹竞

从 21 岁的杨倩射落东京奥运会"首金",到 31 岁的李倩拿下第 32 枚银牌,中国奥运代表团为这届特殊的奥运会画上圆满的句号。

两天前,不少网友就已经开始盘算中国队能否最终占据奖牌榜首位,而最后阶段跻身决赛、有望冲金的拳手谷红、李倩和摔跤运动员孙亚楠,也就成了他们眼中的"胜负手"。

3 场决赛,3 枚银牌,中国代表团的金牌数最终定格在 38 枚,没能超越伦敦奥运会,也没能保住奖牌榜首位。但计算归计算,当竞技大幕落下,圣火缓缓熄灭,没有多少人真的在意奖牌榜最后一天被逆转的遗憾,"骄傲""亮眼""争气""厉害"纷纷霸屏,"不以奖牌论英雄""平安归来"频繁与中国奥运健儿配对出现。

这不仅因为中国代表团取得了足以令国人骄傲的成绩,更因为奥林匹克精神已然冲破金牌的"束缚",在中国人心中生根发芽——奥运会重要的不是胜利,而是参与;生活的本质不是索取,而是奋斗。

从北京奥运会到东京奥运会,这是中国社会经历巨变的 13 年,也是中国体育实现跨越的 13 年——中国竞技体育除了不断巩固着举重、跳水、乒乓球、羽毛球、射击等项目的优势外,中国体育健儿还不断在欧美人的"世袭领地"里实现着一个又一个的突破。不管是田径、游泳、赛艇这样的基础项目,还是击剑、帆船、自行车、花样游泳这些欧美国家的强势项目,中国体育人经过几代人几十年的不懈努力,不仅摘掉了看客的帽子,

131

还大方登场万众瞩目。尤其是苏炳添在东京百米赛道上的风驰电掣，让中国速度惊艳世人的同时，也让国人相信所谓"天花板"，不过是用来击穿的目标。

更让人欣慰的是国人心态的转变。我们赞美金牌，争取金牌，与奥运健儿一起感受夺金的喜悦，但我们不再"唯金牌论"，不会去责怪与金牌擦肩而过的刘诗雯、谷红们，看不得那些攻击成绩欠佳的奥运参赛选手的言论，"拼过""努力过"的运动员都是国人心里的奥运健儿。不过，这并不意味着我们不需要理性的分析——三大球折戟沉沙，背后可能源于中国职业体育多年来的徘徊不前。唯有迎难而上且遵循职业规律，方能迎来中国职业体育反哺国家队的高光时刻。

而这些转变的背后，恰恰是大众体育正在走向真正意义上的全民化，是体育大国正一步一个脚印迈向体育强国的必经之路，是 13 年来中国大众体育播种覆土、孕育成长，终于迎来质的飞跃的历程。

从竞技的看客，到运动的践行者；从金牌至上，到拼搏最美，体育正在以崭新的姿态呈现在社会生活的方方面面，而体育特有的教育意义，譬如坚持、努力，譬如协作、公平，譬如团结、理解，也正在潜移默化中影响着中国青年一代。作为其中的杰出代表，不管是"学霸"杨倩、"教授"苏炳添，还是"奶音"张家齐、"小丫"全红婵，他们呈现给世人的除了运动场上的舍我其谁，还有或有趣或可爱或率真或谦逊的性格特点。一个个努力进取且鲜活灵动的形象，不正是这个时代最好的青年榜样吗？

2021 年 8 月 8 日，是新冠肺炎疫情中艰难重启的东京奥运会的闭幕日，也是北京冬奥会倒计时 180 天的日子。就在东京奥运会圣火逐渐熄灭的时候，远在北京的武大靖、韩聪、隋文静们正在厉兵秣马积极备战，一大批工作人员正在如火如荼加紧筹备，而在过去几年里逐渐成为冬季项目爱好者的无数国人，也渴望能够亲历北京冬奥会。

这是一届令人难忘的夏奥会，2020 东京奥运会注定会因其特殊性被写入史册，而 2022 北京冬奥会的举办同样会令人难忘，因为那也将会是人类共克时艰与病毒抗争的历史缩影。

始于金牌，却不止于金牌——这是过去 13 年奥运会在国人心目中的形象变迁，其实也是奥林匹克运动一直渴望赋予人类的精神家园。

# 记者手记：陪伴中国女排走过"漫长"岁月

中新社　邢翀

东京的天气很有意思，骤雨会突然从晴日倾泻而下，倏忽之间天空再度放晴。在来有明体育馆的路上，好几次都要遭遇这样的阴晴变化。

对于中国女排而言，有明体育馆内同样是风云际变。首战意外不敌土耳其，次轮遗憾告负美国，关键一役又在最后关头惨遭俄罗斯奥委会队逆转，接着击败强大的意大利队，最终以完胜阿根廷队收官。

然而，东京的晴朗不属于中国女排，她们最终排名小组第五出局。一名女排队员说，每一场球都很煎熬。从7月25日到8月2日，九天的时间里，这种重压对任何人来说都是"漫长"的煎熬。

同行记者中有不少五年前亲历中国女排的"里约大冒险"。"五年前也是煎熬、也很漫长，每一场都很揪心、很关键，这一次同样如此，只不过没能再有一个理想的结局。"一名记者说。

回顾奥运征战史，即使是最终站上巅峰，中国女排也从不会一路坦途。只是没想到，这一次这么难。

比如朱婷的伤。这位中国队中极为倚重的世界级主攻手，因为手腕伤势几度哑火。郎平直言，没想到朱婷伤这么重，一直给她保守治疗，以前看还行，但打一打就不行了。言及此，郎平满是心酸。

这"漫长"的九天，坐在有明体育馆空旷的看台上，站在球员赛后第一时间路过的混采区里，有太多瞬间在脑海中浮现。

朱婷手腕上缠着厚厚的绷带，里面还包裹着夹板，一次次竭尽全力地想要去恢复往日极具威胁的扣杀。最后一场她没有上场，但每一次中国队得分时，她都会与休息区所有队友拍手。

郎平之前很少痛哭落泪，她的"铁榔头"名号在生活中也名不虚传。但她这次哭了，她哭着说，要向全国球迷道歉，要说对不起，这届奥运会球队没打好。

结束最后一场比赛，中国女排姑娘们和郎平一一拥抱，眼圈都红了。郎平祝大家"一切都好"。

不少记者也动容落泪。在"漫长"的九天里，我们是为数不多的现场目击者，陪伴中国女排一起走过，一起"煎熬"，一起流泪，一起欢呼，一起来，又一起离开。

在漫长的岁月里，一代代国人陪伴中国女排一起走过，一起万人空巷见证女排登上最高领奖台，一起笑中带泪唱起《阳光总在风雨后》，一起共同感动着与践行着属于中国女排和全体国人的女排精神。

想起郎平的一句话，女排精神不是赢得冠军，而是有时候知道不会赢，也竭尽全力，是你一路虽走得摇摇晃晃，但站起来抖抖身上的尘土，依旧眼中坚定。

这"漫长"的九天如同岁月的缩影，人生不是一定总会赢，但是要努力去赢。就如郎平在中国女排失利后对姑娘们说的话，输球的时候也要昂着头走出去。

走出有明体育馆，雨还在下，我们并未带伞。同行的记者说，下雨的时候也能昂着头走出去，因为阳光总在风雨后。

在未来的漫长岁月里，无论风雨还是晴空，相信所有人都会与中国女排同行。

# 续写我们的奥运故事

## ——东京奥运会开幕断想

解放军报　孙晓青

顶着巨大疫情压力的东京奥运会终于开幕了。此后 16 天，赛场比拼与疫情防控相伴，令人揪心。惟愿各国运动员与赛会主办方勠力同心，密切配合，为奥运会书写一页战胜疫情创佳绩的历史。

值此特殊时刻，我们更加期待中国军团的上佳表现。

屈指算来，这是中国自改革开放以来第 10 次派出体育代表团参加夏季奥运会。

从 1984 年在洛杉矶奥运会上取得金牌"零的突破"至今，中国运动员已经获得 224 枚奥运金牌。其中前 6 届累计 112 枚，后 3 届夺得的金牌数也是 112 枚，进步显而易见。

更耐人寻味的是，这段中国体育激情四射的发展时期，恰恰与国内改革开放同步，正可谓"国运兴则体育兴"。

在中国，体育是得改革开放风气之先的光荣领域。解放思想，破除禁锢，健儿们"冲出亚洲，走向世界"的不懈奋斗，曾带给我们多少欢愉，多少自信，多少深思，多少力量！

难忘许海峰。从一个爱玩弹弓的少年，成长为勇夺奥运首金的神枪手，看他枪击"零蛋"、扬眉吐气的瞬间，我们是何等激动！

难忘中国女排。当年，为她们在"三大球"项目中摘得桂冠、创造历史喝彩，呐喊着"团结起来，振兴中华"，我们是何等振奋！

难忘北京奥运会。经历 30 年改革开放，从站起来、富起来走向强起来的中国人民，借承办奥运会敞开"同一个世界，同一个梦想"的宽广胸怀，我们是何等自豪！

还有乒乓球、羽毛球、跳水等中国体坛"梦之队"的长盛不衰，田径、游泳等基础项目的不断突破，以及那些默默无闻、相对落后项目的奋起直追，无不让人动容，激人励志。

如同改革开放并非一帆风顺一样，中国体育的奥运之路也多有坎坷。然而，正因为胜利与失败并存，奋进与挫折相伴，健儿们自强不息的品格才更加彰显，赛场上动人心魄的比拼才激荡成挑战、进取、自强、突破的华彩乐章。

奥运会是竞技体育的最高殿堂，各国选手在这个大舞台上，较量的不仅是体能和技能，更有意志和精神。比赛是载体，精神是内核，一时的胜负遮不住为胜利而战迸发的精神之光。

几十年来，中国运动员——无论是一个人或一支队伍，他们逐梦奥运的经历，都是可圈可点的故事。一个又一个自强不息、百折不挠的中国故事，最终沉淀为具有鲜明印记的中国精神。

作为一种象征或一个缩影，中国体育征战奥运会的历史，几乎就是中国改革开放的奋斗史、和平崛起的交响诗，发展到今天，更是推动构建人类命运共同体的畅想曲。

新时代，中国领导人提出构建人类命运共同体的全新理念，宣示将继续同一切爱好和平的国家和人民一道，坚守和平、发展、公平、正义、民主、自由的全人类共同价值，推动历史车轮向着光明的目标前进。

这一理念的提出，不仅富有远见，更因霸权主义和强权政治的存在以及当下疫情的泛滥有着强烈的现实针对性，得到国际上越来越多有识之士的赞同和认可。

为了激发人们对东京奥运会的热情与信念，国际奥委会不久前发起了主题为"在一起更强大"的活动。国际奥委会主席巴赫表示："当全世界因为疫情长期面临挑战和恐惧时，体育带来的希望和乐观变得尤为重要。团结、希望和乐观，这些就是体育的力量所在。"

据此，国际奥委会在原有的奥林匹克格言"更快、更高、更强"后面，特意添加了一个词——"更团结"。不言而喻，这也正是构建人类命运共同体的需要。

中国体育代表团此番勇敢出征，本身就含有借助奥运平台推动构建人类命运共同体的诚意。相信中国健儿将不辱使命，为国而战，在特殊时期举行的本届奥运会上，以优异的运动成绩和严密的疫情防控续写新的奥运故事。

故事的主题：更快、更高、更强——更团结！

# 没有高枕无忧的领地

解放军报　范江怀

在已经结束的奥运会跆拳道比赛中，韩国选手出人意料地一金未得。如果说，中国选手未能获得跆拳道的金牌不值得惊讶的话，那么，韩国选手未能登上跆拳道的金牌榜，就是一个不大不小的新闻了。

为什么这么说？原因很简单，跆拳道是韩国人的"国技"，也是韩国体育代表团的传统优势项目。起源于朝鲜半岛的跆拳道，在1988年汉城奥运会时，被列为表演项目。经过韩国人多年努力，在2000年的悉尼奥运会上，跆拳道终于修成正果，成为奥运会正式比赛项目。

跆拳道之于韩国，就如柔道之于日本、乒乓球之于中国一样，在民众心目中拥有非常重要的地位。自从跆拳道"入奥"后，这是韩国选手首次未能获得金牌。由此会在韩国体坛上引起什么样的波澜，不难想象。

在众多奥运项目中，一些体育强国都会有自己的优势项目，或者特别适合自身特点的竞技项目。比如说，在球类的比赛项目中，篮球是美国人的最爱，也是他们长期称雄的领地；而足球比赛，则是欧洲和南美洲选手的最爱，你什么时候看过有其他洲的球队，能登上男子足球的冠军宝座；在乒乓球和羽毛球的比赛中，亚洲选手是玩得最"嗨"的，其他洲的选手要染指金牌，难度不是一般的大，而是相当的大。当然，亚洲选手要想玩转高尔夫球和网球，也不是一件容易的事。

在某个奥运项目中拥有了一定优势，并不是就可以高枕无忧。奥运会的比赛，犹如逆水行舟，不进则退。要想在某个项目中占有一定的优势，是长期积累和努力的结果。如果没有忧患意识，不居安思危，不努力拼搏，丧失优势也是分分钟的事情。我国的乒乓球项目，曾跌落到低谷，差一点在奥运会比赛中颗粒无收。幸好我们乒乓球队奋发努力，及时止跌，才重振雄风，再次回到了巅峰。

在跳水女子双人10米台项目中获得金牌的我国小将陈芋汐，走下领奖台后说了这么一句肺腑之言："我也认为中国跳水不可战胜，这是在平时努力训练、比赛努力拼搏、把自己的实力发挥到极致的基础上。战无不胜是拼出来的。"

奥运赛场没有轻轻松松得来的冠军，每一枚金牌都是用汗水拼出来的。过去强，不等于现在强；个人强，还需集体强。一个项目想做到长盛不衰、占有一定的优势，唯有不断拼搏，埋头苦练，永不懈怠，方可成为奥运赛场上"YYDS（永远的神）"。

# 圣火不灭梦想永恒

解放军报　范江怀

在东京奥运会决定延期举办的时候，国际奥委会主席巴赫曾将奥运会的举办比作"黑暗隧道尽头的一束光"。现如今，东京奥运会已经闭幕了，我们不仅看到了一束亮光，更看到了奥运会给我们带来的希望与梦想。

东京奥运会是现代奥运会历史上首次推迟举办的奥运会，这也注定了本届奥运会是一届特殊而令人难忘的奥运会。在新冠肺炎疫情的影响下，东京奥运会不得不空场举行，使得赛场冷清了不少。没有现场观众加油助威，参赛选手的发挥多多少少受到一些影响。

不过，我们也高兴地看到，现代科技帮助我们弥补了很多遗憾。世界各国人民可以通过电视，第一时间毫无违和感地欣赏到精彩的比赛。我们可以通过新媒体，与奥运选手进行良好的互动。正是现代科技的强大助力，环球同此凉热，大家可以共享胜利和欢乐，也可以分享泪水与遗憾。东京奥运会的顺利举办，为疫情下举办大型体育赛事、推动世界体育运动的发展，提供了有益的探索。

中国体育代表团在东京奥运会上取得了优异成绩，这也是中国人民抗击新冠肺炎疫情取得重大战略成果所带来的红利。本届奥运会上，中国体育代表团收获的38枚金牌，已经大大超过了上届奥运会。成绩提升的背后，诠释着一个简单而朴实的道理：没有强大的祖国，就不会有一个实力强劲的体育代表团；没有抗击新冠肺炎疫情取得的重大战略成果，也不会有中国体育代表团在东京奥运会上的惊艳表现。

在竞争异常激烈的奥运赛场，我们看到了中国老将们的不屈和坚持，也看到了"00后"们的阳光与自信。巩立姣等老将在赛场上惊天一吼，是人类向极限挑战的号角，带给我们永不服输、顽强拼搏的正能量，让我们领略了体育赛场上"老兵不老、英雄不朽"的传奇。"学霸"杨倩在领奖台上的比心、小可爱管晨辰在膝盖胶布上写下"中国加油"……让我们感受到了青春的律动和力量。一老一新，完美演绎着奥林匹克精神，也构筑和预示着中国体育未来如春天般的美好。

16天的赛场角逐与拼搏，我们收获的不仅仅是奖牌，还有很多希望和梦想。在田径赛场上，苏炳添、王春雨分别跑进了男子100米和女子800米的决赛，谢震业则跑进了200米半决赛……他们在田径赛场刮起了旋风，创造了历史，改变了我们的认知，给我国田径项目注入了新的活力和期望。"人一定要有梦想，万一实现了呢"，这是巩立姣夺冠后的肺腑之言，也是中国体育健儿追逐梦想的生动注脚。

圣火不灭，梦想永恒。梦想在，希望就在。16天的奥运赛事，是体育的盛会，也是希望的盛会；承载着体育人的梦想，也承载着全世界各国人民的梦想。有了希望与梦想，人类战胜困难、迎接胜利的曙光还会远吗?

# 中国梦之队最大龄冠军！
# 她的坚守比金牌更加美丽

新浪　董正翔

中国跳水梦之队素来不缺年少成名之人。

早在 1992 年，还不到 14 岁的伏明霞就有幸站在了奥运会赛场，并打破吉尼斯纪录，成为最年轻的奥运会冠军。

相比于跳板选手，跳台女选手就更年轻，比如跳水队拥有世界冠军数最多的陈若琳，她在 15 岁就站在了北京奥运会的赛场上。

在 2016 年 10 月份退役后，如今 28 岁的她已经成为了国际泳联的跳水裁判。

但并不是所有跳水选手都有这么好的运气，王涵恰恰相反，她是队中最大器晚成的选手。

熬过了 12 年，她终于在 30 岁这个关卡第一次参加奥运会，也仅有这次机会可以圆梦。

她最终没有辜负自己，与施廷懋拿到了东京奥运会女子双人 3 米板的冠军。

这个坚守阵地的女子，用自己最精华的青春，等来了一枚奥运会金牌。

## 终于等到了

可以肯定地说，截止到目前，王涵是跳水队首次参加奥运会时年龄最大的一人。

伏明霞已不用赘述，她在不到 14 岁懵懂的年纪就已经做到了成年人都难以做到的壮举。

其他人呢？跳水队掌门人周继红，在1984年洛杉矶奥运会中夺得中国跳水历史上第一枚奥运会金牌，当时，她才18岁。

4年后，17岁的高敏也在五环赛场上站上了领奖台的最高处。

比起前面三位，郭晶晶的第一枚奥运会金牌就要来得迟一些。

1996年亚特兰大奥运会，15岁，皮肤稍显黝黑的郭晶晶还留着短发，一脸稚气地站在十米跳台上。

那个时候，她只是小妹妹，更多的是以未来一姐的身份感受赛场氛围，冲金的重任由身边的伏明霞担着。

亚特兰大之行，郭晶晶没有带回任何奖牌。4年之后，19岁的郭晶晶已经具备了夺金的实力，但在悉尼奥运会前，伏明霞火速回队，依旧扮演了先锋的角色。

那届奥运会第一次设双人比赛，郭晶晶与伏明霞这对强强组合却意外失守，单人赛场，郭晶晶不敌师姐，连续两届奥运无缘冠军。

直到2004年雅典奥运会，郭晶晶才戴上了第一枚奥运会金牌，彼时，她已经23岁了。在熬过瓶颈期后，郭晶晶在运动生涯最成熟的阶段终于成为跳水队新任一姐。

相比之下，吴敏霞要幸运得多，她在18岁时跟着郭晶晶拿到了雅典奥运会双人金牌。之后，她经历了身份的变化，在郭晶晶退役后，她从"霞妹"变成"霞姐"，顺理成章地坐上了跳水队一姐宝座。

截止东京奥运会前，还有两位选手在跳板项目上拿到过奥运会冠军，分别是1990年出生的何姿与1991年出生的施廷懋。

她们第一次参加奥运会都超过了20岁。

21岁的何姿参加了伦敦奥运会，在双人项目上与吴敏霞合作问鼎桂冠。

施廷懋的经历与前几位有点不同，2011年世锦赛，她以地方队队员的

144

身份参赛，在拿到 1 米板冠军后逐渐跻身主力阵容，在 24 岁的年纪时参加了里约奥运会，拿到了双冠，接过吴敏霞衣钵，坐上了备受瞩目的一姐位置。

于 1991 年 1 月出生的王涵，一直以来都是以配角的身份存在于跳水队。

得益于与郭晶晶都是河北队队员，她曾在早些年与前者配合参加过国内比赛，她也因此被国家队看中，得到了参加 2009 年罗马世锦赛的机会。

虽然当时她只是参加了 1 米板这个非奥运会项目，但从过往几届比赛来看，一米板是潜力之星能否成为主力队员的关键步骤。

吴敏霞与何姿都是凭借 1 米板冠军拿到了钥匙，但王涵却一直没有做到这一点。

在那次比赛中，她与吴敏霞双双出现了失误，没有保住这个冠军，王涵只拿到了铜牌。

不过这次失误并没有让国家队产生放弃她的念头，她还是得到了在 2010 年广州亚运会中与施廷懋配合参加女子双人三米板的机会，她与搭档完成了任务，拿到了冠军。

不到 1 年后的 2011 年上海世锦赛，王涵再次出现在一米板赛场上，此时她的对手是施廷懋。

这是一场有关进阶的关键之役，王涵还是没有抓住机会，她输给了施廷懋，拿到了亚军。

2 年后的巴塞罗那世锦赛，王涵还是有机会突破自己，她第一次在此项赛事中参加了三米板这个奥运会项目的比赛。

然而，在与何姿的较量中她败下阵来。至此，在很长一段时间内她都只能成为主力圈外的边缘人物。

从哪里可以看出来呢？ 2015 年喀山世锦赛，24 岁的王涵拿到了第一个世界冠军头衔，不过她当时只是参加一个新增项目（非奥运会项目）——男女混合三米板，就算拿到冠军，充其量也只是一个安慰奖。

那届比赛，别说奥运会项目，就连她曾经常光顾的一米板赛场，她都无缘涉足。这足以看出王涵在队中的尴尬地位。

东京奥运周期，吴敏霞与何姿的先后退役让王涵看到了希望。2017年布达佩斯世锦赛，她虽然还是要参加混合3米板比赛，但也还是见到了曙光，也得到了参加女子3米板比赛的机会。

这次她表现得还算不错，混合3米板与队友蝉联桂冠，在女子3米板比赛中拿到了亚军。

虽然没能夺冠，但因为冠军是里约奥运会双料冠军施廷懋，守住第二名的位置对王涵来说就等于完成了任务。

但要参加东京奥运会，她还不能掉以轻心，毕竟与施廷懋携手参加双人项目的昌雅妮是她前行路上潜在的对手。

她还是只能熬。

熬到了2019年，在外界看来，王涵终于熬到头了。

因为，在光州世锦赛中，王涵成为了施廷懋的搭档。

从以往比赛的经验来看，在奥运会前一年与一姐配合参加双人比赛，那这位选手的奥运会前景就会比较明朗，毕竟双人项目是需要长年累月的配合经验的。

这一次王涵不辱使命，与队友拿到了双人冠军，在单人项目上也保住了第二的位置。

眼见终于要熬到东京奥运会，她终于要大功告成了，却不料疫情突发，东京奥运会推迟一年。

一姐施廷懋在东京奥运会确认推迟的那一天心态崩溃，直接弃练，更何况已经等了11年的王涵。

但这么多年的坚守，教会了她忍耐，她等啊等，终于等到了 2021 年的 7 月 25 日。

## 她的坚守比金牌更加美丽

7 月 25 日，晴。

王涵站在稍显晃动的跳板上，微风拂面，在湛蓝的碧波池上，她显得有些紧张。

这是在所难免的。她承认自己的小心翼翼，"对于今天，我真的是已经期待已久。在进入奥运村的那一刻，我就很期待这一天了"。

比她晚进国家队，却比她早拿到奥运会冠军的何姿，在国内通过电视屏幕观看了这场比赛。在国家队的那些年，她们是最好的闺蜜。

这场决赛过程波澜不惊，何姿却看得心情却并不轻松，她也能从细节上看出王涵的紧张。

"赛前，我希望她能轻松潇洒地去面对这场比赛。不过，从第一个动作我就能看得出来她非常紧张，我们内行人都能看得出来。

"但好在她后面调整得挺好的，毕竟年纪在那里，她有这个判断力，能及时调整自己，加上懋懋在她身边，表现得非常稳，能带着她一起努力。

"虽然不是团体项目，但跳水队参加双人比赛时还是非常团结的。"

在夺冠的那一刻，王涵与施廷懋动情地拥抱了许久。背对着电视镜头的王涵，没有将她喜极而泣的表情呈现给外界，但从施廷懋给她擦拭泪水的动作与神情中也能够猜出几分。

何姿看得有点动情，她想越过电视镜头，到现场，去拥抱这个闺蜜，去恭喜她守得云开见月明。

在心潮起伏的过程中，她的思绪也飘回了以前，她想起了与王涵相处多年的画面。

"在国家队的日子，她是非常照顾我的，她非常善良，很朴实，性格大大咧咧的，我很喜欢她的性格，这也是我和她成为闺蜜的原因，可以说，我和她是无话不说。"

在国家队训练的日子，远离亲人，在激烈的竞争环境下，她们相互为伴，鼓励打气。

在王涵夺冠的那一刻，国家队生活的点点滴滴，都浮现在何姿的脑海里。

"她会比较照顾我。我没吃早餐时，她会想着帮我带，知道我喜欢吃什么，不喜欢吃什么。在过马路时，她会牵着我，很多小细节让我特别感动。我对她的帮助就是会安慰她、鼓励她，我能为她做的就是这些。"

在等待的这十几年中，何姿也曾见过王涵的逡巡踌躇，但她记得很清楚，闺蜜始终能很好地控制心态，"她肯定有过想放弃的时候，但我从没有见到她心情很低落的那种表现"。

在接受新浪体育采访时，王涵坦承了自己曾经有过退缩的想法，"在里约奥运周期时，眼见自己没有希望参加奥运会，所以也曾有过犹豫的念头。后来回到国家队，我发现自己的实力还在逐渐提升，这让我充满了希望和动力，所以我选择继续坚持"。

这枚金牌见证了王涵的坚持，也回馈了她的坚持。

"我三岁就开始练跳水了，所以对我来说，训练已经是像吃饭和睡觉一样在生活中不可或缺的要素了，再加上我心中的梦想。

"即便疫情让奥运会推迟了一年，但我可以等，虽然也会遭遇体力与伤病的困扰，但因为心中的梦想，我还是尽量地保证系统训练。"

在何姿看来，这场决赛王涵的每一次跳跃都是在展现自己这些年守候的结果。

"对她来说最困难的不是伤病，是在国家队的这些年，被很多人'压'着，没有机会参加奥运会。这种锻炼，是她每一跳成功的原因。我知道这个奥运会冠军对她来说是多么重要的肯定，她没有背着十几年的心理包袱，每一跳都在告诉外界她可以。"

站在领奖台上，王涵的笑意有荣誉感、有满足感，也能觅得一份自信从容。

这个 30 岁的女子，将自己青春的精华献给了跳水，站在而立之年的关卡，她用自己的例子告诉更多人，自己的坚守同金牌一样美丽。

# 燕赵十三骑，奔腾如虎风烟举

燕赵都市报　旭光

6金（7人次）2银3铜，当东京奥运会进入最后一个比赛日之时，参赛的燕赵十三健儿已然圆满完成了自己的使命。

从1984年的苏惠娟、李梅素，到2021年的庞伟、巩立姣，连续10届夏季奥运会，燕赵健儿从未缺席。其中前9届收获了8金11银8铜，为中国体育奉献了力量，尤其是2008年北京奥运会的3金1铜，创造了当时河北体育的高峰。

北京奥运会之后，河北体育经历了伦敦和里约连续两届无金的局面，终于在迟到的东京奥运会上迎来了再次绽放的时刻，6金（7人次）2银3铜，比2008年北京奥运会翻了一倍有余，空前辉煌。

7月24日，开幕之后第一天，第四次参加奥运会，也是13人中年龄最大的老将庞伟，以1枚铜牌拉开了"燕赵十三骑，奔腾如虎风烟举"的征程。随后捷报不断飞来，王涵的凌空一跃，为河北夺得首金；庞伟杨皓然完成了两代射击人的传承；最年轻的李冰洁硬撼莱德茨基，实现了"击败偶像"的梦想；巩立姣决赛的个人最佳和独孤求败，是对自己21年辛苦付出的最佳回报；初战奥运的"00后"孙颖莎，个人和团体两胜伊藤美诚，用金牌完美收官……一枚枚闪耀的奖牌，一张张鲜活的面容，在奥运会的历史上留下了深刻的"河北烙印"。当然，也不能忘记那些没有登上领奖台的燕赵健儿，能够在诸多的竞争者中脱颖而出，来到世界最高水平的竞技舞台上，本身就是了不起的成就。

今天，东京奥运会便将落下帷幕，在这个告别的时刻，让我们再一次铭记燕赵十三健儿的身影吧：王涵，庞伟，杨皓然，李冰洁，巩立姣，孙颖莎，张一璠，陈扬，苏欣悦，常园，张林茹，杨晓旭，梁靖崑。

下一站，2024 年的巴黎，即使强敌环伺，步步荆棘，虽万千人吾往矣！

# 向坚持致敬

辽宁日报　黄岩

有一种力量来自内心，这股力量就是对梦想的坚持。从 2008 年的初出茅庐、未来可期，到 2021 年的百炼成钢、梦想实现，巩立姣一掷定乾坤，不仅写就了一位老将热爱、坚守并最终成功的励志故事，更用这块女子铅球金牌诠释了坚持的力量。

四战奥运，"梦想"美丽，"坚持"不易。东京奥运会延期一年，年轻运动员多了一年成长的时间；对巩立姣这样年过 30 的"老将"来说，却多了一年伤病的折磨，多了一年自己与自己的战斗。

久久为功的道理大家都懂，可当真正面对困难的时候，有多少人还能够矢志拼搏付出、咬牙坚持到底呢？

越坚持，越幸运；越执着，越成功。昨天的东京赛场，演绎坚守故事的除了巩立姣，还有从不避讳自己 30 岁年龄的施廷懋和王涵。

奥运会延期，让咬牙准备了 4 年的施廷懋一度动力不足，甚至无法完成系统训练。当然，她还是选择日复一日地坚持，最终站在冠军领奖台上。

在东京奥运赛场上，还有很多像巩立姣、施廷懋的中外运动员，他们可能坚持了更长时间，付出了更多的努力，但冠军只有一个。这是体育比赛的残酷，也是体育比赛的魅力。

同样 30 岁的王涵，怀着对奥运金牌的梦想，依然坚定地站在跳板上；同样四战奥运的董栋和吴静钰，决心让人动容。所以，坚持之美不只在于金牌。每一个坚持不懈、顽强拼搏的身姿都值得尊重和赞美。

赛场折射我们的生活，那些为了梦想和热爱一直在努力的坚持者，必将赢得人们由衷的尊敬。

# 从不言败初心未改　女排精神永流传

吉林日报　张政

在"铁榔头"征战赛场的那个年代，估计今天比赛现场的大部分中国媒体记者还没有出生。本报记者见证了郎平率队执教的中国女排从2016里约奥运会逆境中夺冠，到本届奥运会挥手告别，目睹如此振奋和感人的一幕。

比赛临近尾声时，相信现场很多人都和记者的心情一样，希望比赛进行得再慢一点，再多看看郎指导赛场上的身影。但这一刻终究还是来了，当比赛结束的那一刻，所有中国女排队员手拉着手围绕在郎平身边，集体向她鞠躬致敬。伴随着现场响起一曲"阳光总在风雨后"，女排姑娘哭成泪人，郎平与女排姑娘一一拥抱，这一幕如此动容，如此难忘！

中国女排本届奥运会的征程并不顺利，小组赛前三场先后不敌土耳其队、美国队和俄罗斯队。小组赛最后两场还没开战就已得知无缘八强，实属惋惜。在本场比赛3比0击败阿根廷队，结束本届奥运会之旅后，郎平赛后说："中国女排输球不能输人，要感恩赛场。"同时郎平也表示，今天这场球就是中国女排备战2024巴黎奥运会的开始，"年轻人有无限可能，队员们都在不断成长，希望大家能够记住这次奥运的经历，在3年后的巴黎奥运会上大展身手"。对于本届奥运会未能晋级八强，郎平含泪表示："就队伍的整体表现向全国球迷道歉，自己没有调整好姑娘们的心态。今天这场比赛，中国女排实力远在对手阿根廷队之上，队员对节奏的把握也很好。"回顾自己第二次执教中国女排的这8年，郎平表示过程非常精彩，

"我看着中国女排成长，我们也夺得了奥运会冠军、世界杯冠军，获得了各项比赛的奖牌，应该说收获还是很完整的，除了这一届有一点遗憾"。展望未来，郎平说："虽然有遗憾，却让我们的年轻人更有梦想，更渴望去追求下一个目标。"

女排精神就是顽强拼搏、永不言败。1986年"五连冠"之后有17年与世界冠军无缘。但不论是20世纪90年代在低谷中探寻未来的方向，还是新世纪初的卧薪尝胆再出发，抑或是接下来的再陷低谷，逆境奋起，勇创佳绩，走向巅峰，中国女排从不言败，初心未改。正如郎平所说，"女排精神不是赢得冠军，而是有时候知道不会赢，也要竭尽全力。一路虽走得摇摇晃晃，但站起来抖抖身上的尘土，依旧眼神坚定"。

没有一场胜利可以唾手而得，没有一个冠军不经风雨洗礼。没能晋级、无缘卫冕当然不是好事，但也并不完全是坏事。接下来，中国女排要尽快把自己的状态调整过来，继续发扬历久弥新的女排精神，重整旗鼓、砥砺前行，再展中国女排风采！

# 再见东京！北京再见

吉林日报　张政

不得不说，东京奥运会，是史上最特殊的一届夏季奥运会。它是自新冠疫情暴发后，最盛大的一场全球性活动，也是奥运史上一届推迟一年举办、空场举办的奥运会。2021 年 8 月 8 日晚，不同寻常的东京奥运会结束了，这是首次无现场观众的奥运会闭幕式，东京也算顺利地完成了作业。

这场世界关注度最高的综合性体育赛事为期 17 天，其间展开 33 个大项、339 个小项的争夺。其中还包括滑板、冲浪、竞技攀岩、空手道等首次亮相奥运赛场的运动项目。但因为疫情的原因，虽然比赛备受关注，却不能有观众观赛。对于体育比赛来说，缺少了观众的欢呼与呐喊，总觉得少了很多激情和热烈，而对于运动员来说也少了些许现场的仪式感，怎么说都有些遗憾。但全球抗疫当前，也是迫不得已而为之。

虽然在全球疫情的大背景下很多运动员的训练都被打乱，但中国体育代表团奋力拼搏取得了 38 金 32 银 18 铜 88 块奖牌的骄人战绩。经过 5 年漫长的等待，运动员终于来到了属于他们的舞台展现风采。这个夏天，在东京，我们一起欢庆着他们胜利后的激动与兴奋，也悲伤着他们失败后的无奈与泪水，更见证着竞技体育的力与美。因此，要与这届"特殊"的奥运会挥手作别，心中还是有些不舍！幸而，与奥运会的再次邂逅不用等待太久。179 天后，奥林匹克圣火将在北京点燃！

东京奥运会举办期间，人类依旧在和新冠疫情进行着艰苦的斗争，但至少在当下，奥运会成为了全世界团结在一起的最好理由。东京奥运会不单单是体育竞技场，更是人类心灵的黏合剂，它为已经被全球疫情和国际纠纷搅得生活破碎、心力交瘁的全世界人民提供了互相慰藉的精神家园，为人类抗疫带来整理行装再出发的信心和希望。在空场方式下，运动员顽强拼搏的精神面貌仍然感动着全世界的观众。多年后，回望东京奥运会，也许会是全球抗疫的艰难日子里的一份温暖记忆，它将铭刻在人类共有的历史上，见证着"更团结"对于人类的价值意义。

接下来的 6 个月，北京冬奥会的各项准备将进入最后冲刺。北京冬奥组委将与国际奥委会和各国际冬季单项体育联合会密切沟通，做好疫情防控等各项准备，对筹办工作进行全要素测试。东京奥运会的顺利举办，再次向全球的冬季运动员传递明确信号，北京冬奥会就在眼前，他们可以继续为了奥运梦想全力以赴。

2021 年 8 月 8 日，东京奥运会来到了闭幕的日子。13 年前，北京奥运会在这一天开幕。8 月 8 日又是"全民健身日"，让体育成为一种生活方式，正是对奥运精神的积极回应。再过整整 180 天，北京冬奥会就将拉开帷幕。北京将成为世界首座既举办夏奥会又举办冬奥会的"双奥城"。再见，东京！我们北京，再见！

# 致敬体育　致敬生命

吉林日报　张政

在人类发展的历史长河中，"奥林匹克"作为一枚闪闪发光的明珠，散发着宏大的信念感与感召力。第 32 届夏季奥林匹克运动会（东京奥运会），再一次向全世界诠释了"奥运精神，永不磨灭"！

奥林匹克精神究竟是什么？在不同的时代下，不同的人群会有各自的解读。但我们从中总能看到的，是无数次跌倒后的重新爬起，是为了完成梦想的坚定信念，是面对挑战时的逆流而上……不放弃、不服输与追求"更快、更高、更强"的信念力成为奥运精神的生动注脚。本届奥运会，奥运格言新增加了"更团结"。国际奥委会主席巴赫发起倡议，希望大家共同应对疫情，团结在一起。为应对新冠肺炎疫情，全球面临巨大挑战，需要彼此依靠，团结一致。体育竞争，是为了战胜对手，也是为了超越自己，但最终的目的，是让人类成为一个更加团结的命运共同体。由于新冠肺炎疫情的影响，本该 2020 年举行的东京奥运会被延期一年举行，这是百年奥运史上绝无仅有的。"更团结"意在赞扬运动员的坚韧和决心，以此为人们带来希望和鼓舞。

一

2016 年的里约奥运会，中国代表团获得了 26 枚金牌。东京奥运会，中国代表团打了个"翻身仗"，展示了中国体育人的新风采、新面貌。

东京奥运会上，我国体育健儿克服了因新冠肺炎疫情带来的种种挑战，以顽强的意志品质在体育赛场上建立了新的功勋，夺得 38 枚金牌、32 枚

158

银牌、18 枚铜牌。奥运赛场上，鲜艳的五星红旗一次次升起，雄壮的国歌一遍遍奏响，赢得全世界的关注和尊重。我国体育健儿的出色表现，生动诠释了奥林匹克精神和中华体育精神，生动展现了为祖国争光、为民族争气、为奥运增辉、为人生添彩的奋斗志向，激发了全国各族人民的自信心和民族自豪感，增强了中华民族的凝聚力、向心力、自信心，是伟大爱国主义精神的重要体现。

"从心底燃起来的中国力量"帮助游泳运动员张雨霏接连夺金、打破纪录；以"不问终点，全力以赴"的态度激励自己的乒乓球运动员马龙，实现了"双圈大满贯"；体操选手肖若腾用超群的技艺和不服输的精神赢得了人们的赞誉；"亚洲飞人"苏炳添成为首位闯入奥运会男子百米决赛的中国人……我国体育健儿的出色表现，展现了强大正能量和拼搏精神。要大力弘扬这种拼搏精神，使之化为全国各族人民团结奋斗的强大精神力量。

## 二

运动员是体育盛会的主角。东京奥运会延期之后，运动员要面对参赛配额、心态、竞技状态等诸多问题的不确定性，而对于年长的运动员来说，延期，就意味着他们的运动生涯也要后延一年，体能、伤病、竞赛能力等问题可能无法让他们保证最优竞争力。但他们追逐奥运梦想的脚步却没有停止，继续保持奋战的竞技状态。

一张张写满刚毅的脸、一个个顽强拼搏的身躯，运动健儿在奥运五环的见证下表现出超越自我的精神风貌，同时也留下了许多震撼人心的瞬间。本届奥运会上，我们看到的不止是一个个成功，还有战胜自我的生命奇迹！

生命中所遇到的一切困难，在"坚持"这两个字面前，都会变得无比弱小。在追求梦想的路上，成功的闪耀只是瞬间，无数的失败和坚守才是常态。体育的魅力不仅是竞技、激动与呐喊，它的真正力量是跌倒后的起身，是面对目标势必到达的决心。赢，固然是鲜花环绕、掌声响起，但在胜利的背后，是难以数计的汗水、泪水，是亲人、朋友们期望的目光，是背负的国家民族的荣光与尊严。

体育赛场上每一个激动人心的瞬间，起源于运动员对站上赛场的渴望。克服重重挑战，延期一年的奥运会留下许多令人回味的经典时刻。我们因此感叹：体育运动始终凝聚着人类社会美好价值的精髓。体育赛场上所表现的毅力、进取、合作、团结等品质，正是人类社会不断前进的动力。无论是参与者还是观看者，都感受到体育运动原来有如此丰富的表现形式。在经历特殊时期挑战的背景下，运动员内心强大的坚持信念绽放在奥运赛场，释放的场景令人感动。这种对运动、对健康的坚持与向往正是人们保持乐观、自强不息的内在精神体现。

本届奥运会上，也有许多催人泪下的场面。当中国女排以 3 比 0 完胜阿根廷队，以 2 胜 3 负的战绩结束了东京奥运会的征程，赛后，女排姑娘集体向郎平鞠躬，并逐个与恩师拥抱。这深深的一躬，代表着郎平在女排赛场上 40 年的坚守和女排姑娘对郎平的感恩和祝福。在体操女团赛场上，芦玉菲在高低杠比赛时失误，没能抓住高杠，平拍在垫子上。芦玉菲落垫后没有喊疼喊苦，而是迅速地站立起来，向赶来的教练询问："可以再翻吗？"经历挫折，却没有一蹶不振，随即调整好状态，在接下来的自由操赛场上正常发挥。在这个坚强的中国女孩身上，奥运精神得到了最好的注解。

## 三

徜徉奥林匹克百年历史长廊，并非都是一帆风顺。本届奥运会上，体育健儿们所呈现的团结奋进、积极进取、努力拼搏的力量与精神并没有因为疫情而改变，反而更加弥足珍贵。即使在无观众的情况下举行，也终究交出了一份完整的答卷。

东京奥运会虽已落幕，但带给我们的感动仍激荡在心。当奥运圣火熄灭时，内心仍久久不能平静。大赛结束，运动不止。奥运精神长存，2021这个夏日仍然难忘。奥运精神"心火不熄"不仅仅是在赞扬运动员在面对疫情时的坚持，更重要的是号召大众保持运动意识，让炽热的内心力量永远激荡，让体育运动永远鼓舞人们进取。我们从运动员的拼搏奋斗中感悟奥运精神，在学习和事业的道路上，纵使天寒地冻、崎岖坎坷也永不言弃，奋勇前行。

最后，致敬奥林匹克运动，致敬奥运精神，致敬不畏艰险并正为之奋斗的一个个鲜活的生命！

# 这一夜，我们情同与共

湖南日报　陈普庄

哆啦 A 梦、大空翼、奥特曼……这是你我的童年时代。

《掷铁饼者》、停战圣火、宙斯神庙……这是人类的童年时代。

一场跨越近三千年的穿越，23 日晚，"时光机"的出口设定在了日本东京。伟大如蔚蓝星球里最具智慧的物种，平凡如历史长河中点滴尘埃的众生，在这里，在全球每个角落，分享着奥林匹克的激情与荣光。

每隔四年，一个名字总会被提起。皮埃尔·顾拜旦，一个视体育为信仰的教育家、活动家。他倡导创办的现代奥林匹克运动会，创造性地继承了古代奥林匹克的仪式感，注入了现代体育的血液，重新定义且极大丰富了奥林匹克的精神内涵。他以毕生努力实现了自己的梦想：复兴奥林匹克运动。

从 1896 年雅典奥运会开始，在奥林匹克之光的见证下，同一个世界，有了同一个梦想。

可曾回味，卡尔·刘易斯风驰电掣一统跑道与沙坑，菲尔普斯劈波斩浪泳池里狂揽 23 金，博尔特回头望月无情碾压世界纪录，刘翔鲜衣怒马动情诉说"中国有我，亚洲有我"……人类的杰出代表们，一直不断刷新着运动的极限。

必须自豪，那一句"无与伦比"，是对"北京欢迎你"最好的回响。如今，北京即将在半年后迎来夏季与冬季奥运会举办地的首次团圆。13 年前，多少人受奥运熏陶，换上运动鞋纵情奔跑，从北京"奥森"，到梅溪湖绿道；13年后，"三亿人参与冰雪运动"，是中国对奥林匹克的大国承诺。

不妨留意，继"更快、更高、更强"之后，"更团结"成为奥林匹克格言里新的篇章。国际奥委会主席巴赫说："当前，我们更加需要团结一致，这不仅是为了应对疫情，更是为了应对我们面临的巨大挑战。"继里约奥运之后，当难民代表团再次来到五环旗下，你如何不为之动容。

切莫忘记，在夏季奥林匹克运动会的序列号上，"第32届"已自动生成，但这却只是它第29次如期而至。三次"爽约"，都是因为战争。人类理应谨记历史教训，前事不忘，后事之师。

从"28"到"29"，同样历尽艰难险阻，全球疫情让等待延长了一年之久。如果你曾经留心这一切，请祝福东京奥运，祝福人类共同的奥林匹克之梦。

正如顾拜旦在《体育颂》里所言，体育就是"美丽""正义""勇气""荣誉""进步""和平"；正如《奥林匹克宪章》所指出，奥林匹克精神就是相互了解、友谊、团结和公平竞争的精神。奥林匹克运动对于人类的意义，不止于——哪怕不足以——在生物学上让人类进化为一个更具战斗力的物种，却已经并持续致力于在社会学上让人类成长为更具智慧和勇气，更加精诚团结的地球村民。

这一夜，我们虔诚仰望，顾拜旦、萨马兰奇、何振梁、许海峰、格布雷西拉西耶……那些曾经承载着奥林匹克梦想的名字，灿若星河。

这一夜，我们满怀期待，中国女排、苏炳添、基普乔格、丘索维金娜……那些仍在为我们呈现无尽激情与想象的身影，雄姿勃发。

这一夜，我们相视微笑，在东京，在北京，在长沙，在全球任何角落，那些热爱生命、企盼和平、渴望进取的灵魂，情同与共。

# 再答"奥运三问"，我们又是满分

湖南日报　陈普庄

1908 年，《天津青年》杂志上刊登了第四届奥林匹克运动会的相关内容，同时向社会、向中国、向中华民族提出了三个问题：中国何时能够派一名运动员参加奥运会？中国何时能够得到奥运会金牌？中国何时能够自己举办一届奥运会？

第一次作答，我们用了 100 年。

1932 年，刘长春代表旧中国首次参加了洛杉矶奥运会；1952 年，新中国成立伊始，我国派出 40 人的体育代表团远赴芬兰赫尔辛基。

1984 年，又是洛杉矶，射击名将许海峰实现中国奥运金牌"零的突破"。

2008 年，举世瞩目的北京奥运会成功举行。

这些被我们熟知的历史，是中国的第一份答卷。随着东京奥运会闭幕，对于"奥运三问"，新时代的中国把"附加题"也一并圆满作答。

东京奥运会，中国代表团共有成员 777 人，其中运动员 431 名，创境外参赛规模之最。苏炳添用中国速度身后的太平盛世，抚慰了刘长春的凄风冷雨。

中国代表团在东京共取得金牌 38 金 32 银 18 铜，金牌数追平伦敦奥运会创下的境外参赛最佳纪录。从射击运动员杨倩回溯到射击运动员许海峰，是回应，也是致敬。

东京之后，奥运又一次进入"北京时间"。2022 年 2 月 4 日，第 24

届冬季奥林匹克运动会将在北京开幕。从夏季奥运会到冬季奥运会，"双奥"荣耀，唯我北京。

体育强则国强，国强则体育兴。

参与奥运会，争金夺银，代表了一个国家竞技体育的发展水平。金字塔尖闪耀的背后，则是群体根基强化、国民体质提升、科学技术加持。归根到底，是综合国力的不断提升。举办奥运会，特别是在 14 年时间里相继举办夏季和冬季奥运会，毫无疑问彰显了大国形象、大国实力和大国担当。

"你所站立的地方，正是你的中国；你怎么样，中国便怎么样"。与大国风范相得益彰的是，本届奥运会赛场内外，我们看到了一张张更具新时代特征的中国面孔。

杨倩"比心"的青春气质，侯志慧、谌利军招呼亚军季军同上最高领奖台的大气，中国女排连败后的坦然从容，贾一凡决赛失利后反而去安慰喜极而泣的冠军对手……

在互联网媒体社交化大背景下，在中国选手表现出的大气风范面前，中国网友的表现丝毫不逊色——我们并非对极个别网络暴力行为视而不见，而是因为我们看到了太多改变——不再唯成绩论、唯金牌论，人们的心态更平和，视角更纯粹。

如果说"奥运三问"是笔试，那么这一张张新时代的中国面孔，更是完成了一次出色的面试。

时代的问答，还将继续。

秉持"绿色、共享、开放、廉洁"理念的北京冬奥会，不仅是一句承诺，也将是一次文明的洗礼。

"三亿人参与冰雪运动"，不仅是一项使命，也一定会成为满足人民日益增长的美好生活需要的福祉。

建设体育强国，从量变到质变，终将成为实现中华民族伟大复兴的宏伟画卷上一块绚丽的拼图。

# 郎平的时代　时代的郎平

湖南日报　陈普庄

朱婷、李盈盈、张常宁……中国女排全体队员围成一圈，向主教练郎平鞠躬致谢。郎平与队员们动情拥抱。

东京奥运会小组赛末轮 3 比 0 战胜阿根廷，是郎平给中国女排的"最后一课"。

郎平时代，结束了。

两次世界杯冠军，一次奥运会冠军的巅峰时代，结束了。

带着卫冕重压，饱受伤病困扰，连败突如其来，连胜聊以慰藉。东京奥运会之旅，结束了。

这不是一次普通的合约到期，而是她 43 年排球生涯的终结，是一个被定义为"郎平时代"的篇章终结。

是时代造就了郎平。

20 世纪七八十年代的中国体育，承担着那个时代的重任。时代选择了中国女排，而中国女排发现了郎平。

是郎平造就了中国女排最好的时代。

顶级巨星的运动生涯，多年海外执教经历，郎平有着国产教练不可多得的理性，又有着外籍教练不具备的家国情怀。刚柔并济的主帅郎平，其履历和才能，几乎不可复制。

郎平的时代和时代的郎平，相互造就，缺一不可。

43 年，沧海桑田。这个全新的时代赋予了我们更理性的思考，于是郎平得以组建起一支更注重科学训练、更国际化的中国女排。这个时代赋予我们更平和的心境，于是郎平得以让她的队员"输了球也要昂首挺胸"。这个时代赋予我们对生活更纯粹的热爱，于是我们可以平静地接受郎平的隐退。

排球场上一个时代的结束，意味着一个新的时代开启。郎平的继任者，又会如何演绎"女排精神"这个随着时代发展而不断变得立体而丰满的主题？时间会给我们答案。

# 成也欣然，败也坦然

湖南日报　陈普庄

不知你是否注意到这样一幕：三连败后，中国女排是昂首挺胸走下比赛场地的。

郎平在赛后告诉媒体，她在比赛结束时跟姑娘们说，"不能赢球就昂首挺胸，输球就垂头丧气"。

面对媒体的采访，郎平绝大部分的表达选择了陈述句。只有两句话，她采用了观点表达。

一句是鼓励新人，"我觉得王梦洁今天打得非常好"。

另一句便是关于输球态度，"我们打的是一种体育精神，输了也要昂着头"。

郎平的眼神平静而笃定。

谁都知道三连败意味着什么。即便是后两场全胜，卫冕冠军中国女排仍有可能小组出局。

如果说2015年、2019年世界杯，2016年里约奥运会，郎平教会了中国女排如何去赢取胜利，那么在东京奥运会的困境中，郎平正在教会中国女排如何直面失败。

在竞技体育的世界里，没有谁会甘于失败，但没有谁能逃得过竞技体育的基本规律——那是一条有波峰和波谷的曲线。在过去的8年里，郎平不正是带领中国女排从波谷的泥潭中一路挣扎、攀爬，直至顶峰吗？从2015年世界杯，到2016年里约奥运会，再到2019年世界杯卫冕，郎平已尽可能让中国女排在波峰停留足够长的时间。

然而，竞技体育的基本规律不可违，函数曲线里的随机参数不可逆。不够幸运的是，朱婷的伤病，很大程度上成为那个导致中国女排从波峰到波谷的随机数。

技战术层面的得失，留给女排自己闭门复盘。我想表达的是：如果你在争取胜利的道路上做得足够多，那么你就应当有足够的勇气去面对任何一种可能的结果，无论成与败。

郎平的队伍，理应有这样的底气。

新时代的国人，正在逐渐形成这样的底气。有一种观感越来越清晰：体育越来越回归本质，我们已经不再过于依赖奥运金牌来承载一些非体育情绪。相对于数十年前，这个时代有着越来越多值得国人自豪的情感素材。面对奥运会，我们的胜负观正在逐渐发生积极和明显变化。如果说曾经的奥运会金牌像是一声声号角，那么现在的奥运金牌，更像是一篇篇的"爽文"——它依然受欢迎，喜悦依然还在，但它变得更本质，也更直观。

即便是承载了太多情结的女排精神，又何尝不在迭代升级。

早在 2016 年，中国女排站在里约奥运的最高领奖台，我们便清楚地看到，郎平为中国女排带来的积极改变，绝不仅仅局限于老女排精神的唤醒。

在竞技体育精细到毫厘的今天，"扎扎实实，勤学苦练，无所畏惧，顽强拼搏，同甘共苦，团结战斗，刻苦钻研，勇攀高峰"的老女排精神，早已成为一种基本操作。有着多年海外执教经验的郎平，给中国女排带来的改变让人耳目一新。从 2009 年回国执教恒大女排，到重掌中国女排教鞭，始终如一。她用数据库来管理球员，通过视频分析来提升训练质量；她冷静如旁人般指出女排联赛缺乏速度，打法相对落后；她从不片面强调大训练量……郎平的科学训练手段，几乎是颠覆性的——科学训练，而非一味强调苦练，无疑是郎平给女排精神赋予的新内涵。

　　三连败，绝不意味着女排精神的迷失，而是又一次刷新：那便是直面失败，成也欣然，败也坦然。如何面对失败，决定了你卷土重来的起点与姿态。

　　作为职业教练，郎平很少片面强调"精神力量"，但三连败之后，她特别提到了"体育精神"。在她说要"昂首挺胸"的时候，这不仅是一种胜负观，也是一种人生观。

# 缺憾之美

## ——写在奥运落幕之际

春城晚报　谢黎明

体育竞技本身就是一场人生游戏，抱憾而归不是游戏的终点，而是游戏重新开始的起点。

两度离金牌近在咫尺，又两度与金牌失之交臂。

刘浩，这位云南"铁臂划手"，在东京奥运会皮划艇男子皮艇1000米双人划和单人划比赛上，未能如愿站在最高领奖台上、凝望着飘扬的五星红旗、听着激昂的《义勇军进行曲》在颁奖台上奏响，对他本人来说是一件憾事。

变幻莫测、结果不可预见，也是体育具有魅力之处。虽说不以成败论英雄，虽说刘浩创造了中国在奥运会单人划历史上首次拿到奖牌的历史，也创造了云南人在一届奥运会上夺得两银的辉煌，可以说成就瞩目，但正如刘浩赛后所言："没有拿到金牌，有遗憾，不过这是我前进的动力。"在刘浩身上，我们看到了一种输了过程不输志向的巨大能量，未来可期，这是缺憾之美。

东京新国立竞技场，田径比赛在这里进行，通过电视直播观看比赛的观众，可能会注意到一个细节，乍眼望去，球场上观众坐得"满满当当"，其实这是奥组委精心编织出的"美丽骗局"，将座椅涂得五颜六色，放眼望去就像穿着各异的观众云集看台，给运动员感觉到不是一个人在战斗，身边还有数以万计的观众在为之呐喊助威，动力也为之爆发。不得已而为

171

之的空场比赛，是组委会补缺憾煞费苦心之举，也可以称之为善意之美。

如果说新国立竞技场上的座椅"善意之美"是人为营造，那么刘浩的缺憾之美就是人性毫不做作的至真至美。

与刘浩一样，云南运动员在东京奥运会上或多或少都留下遗憾，但他们表现出来的美却各有不同：30 岁"高龄"的"三朝元老"蔡泽林为了弥补伦敦、巴西两届奥运会竞走比赛上未能登顶的缺憾，又一次站到了东京赛场。在骄阳似火的赛道上，把腿扭到抽筋还坚持走完全程，这种美叫"坚持之美"；同样是在这场比赛上，初出茅庐的云南小将张俊在高温烈日之下走到鼻子流血，用纸堵住鼻孔，在呼吸受阻的困境下，依然以顽强的毅力首秀就搏得第八名；云南摔跤"黑马"龙佳虽然未能一黑到底，被终止在 8 强门外，但不畏强手、勇于拼搏的精神，还是赢得了对手尊重；能够获得奥运入场券，本身就是一件了不起的事，三名云南马拉松运动员董国建、杨绍辉、张德顺，在强手如林的竞争中，向快乐出发，在超越自我中享受跑马全过程！

奥运会的第一块金牌总产生于射击比赛，每当看到这一比赛时，我总会联想到美国射击运动员埃蒙斯，这个悲情运动员连续两届奥运会在夺金势在必得的大好局面下，最后一弹一次脱靶，一次打在别人的靶上，不但闹出千古笑话，还丢失了唾手可得的金牌。埃蒙斯两度错失金牌，却从未影响到他的斗志，虽然遭遇令人同情，但在射击场上却邂逅爱情，与捷克美女射击运动员卡特琳娜因枪结缘，也算是补了赛场缺憾，修得人生正果。

俗话说，失之东隅，收之桑榆。对云南运动员来说，失败是成功之母，他们很多人还年轻，将来的路还很长，在艰难历练中长出的青松才能更加挺拔，历久弥新。

体育竞技本身就是一场人生游戏，抱憾而归不是游戏的终点，而是游戏重新开始的起点。